Anne Amrum

NORDSEE PUPPE

Die Küsten-Kommissare

Das ist ein Kriminalroman und somit reine Fiktion. Sämtliche Personen und deren Handlungen sind frei erfunden. Ähnlichkeiten mit tatsächlich lebenden oder toten Personen (inklusive zufälliger Namensgleichheiten) und /oder Ereignissen sind nicht beabsichtigt und wären rein zufällig.

An dieser Stelle versichere ich, die Autorin, für die Darstellung und Erwähnung diverser gastronomischer, kultureller und touristischer Einrichtungen oder für die Verwendung von Markenbezeichnungen in diesem Buch keine Bezahlung oder anderweitige Zuwendung erhalten zu haben.

Aus dieser Reihe bisher erschienen:

Teil 1: "Nordsee Mord"
Teil 2: "Nordsee Hass"
Teil 3: "Nordsee Leid"
Teil 4: "Nordsee Gier"
Teil 5: "Nordsee Opfer"
Teil 6: "Nordsee Feuer"
Teil 7: "Nordsee Magd"
Teil 8: "Nordsee Lüge"
Teil 9: "Nordsee Spiel"
Teil 10: "Nordsee Angst"
Teil 11: "Nordsee Kälte"
Teil 12: "Nordsee Übel"
Teil 13: "Nordsee Wahn"
Teil 14: "Nordsee Atem"
Teil 15: "Nordsee Braut"
Teil 16: "Nordsee Welle"
Teil 17: "Nordsee Junge"
Teil 18: "Nordsee Drama"
Teil 19: "Nordsee Wende"
Teil 20: "Nordsee Glut"
Teil 21: "Nordsee Camp"
Teil 22: "Nordsee Elend"
Teil 23: "Nordsee Puppe"

ISBN: 9798332550447
Imprint: Independently published

Dieses Buch ist dem Frieden gewidmet.

Anne Amrum

Auch ein Geheimnis ist eine Art Eigentum

MITTWOCH

1

Der scharfe Herbstwind bläst über den Schulhof und treibt eine Handvoll bunter Blätter vor sich her. Der Tag ist kühl und grau und die meisten Schüler haben sich in die Nähe des Gebäudes zurückgezogen, um sich vor dem Wind zu schützen.

Nele steht allein in einer Ecke des Schulhofs, weit weg von den anderen. Sie zieht ihre dünne Jacke enger um sich und spürt, wie die Kälte langsam durch den Stoff kriecht. Seit ihrem fünfzehnten Geburtstag im Frühjahr hat sich viel verändert. Sie hat sich verändert, sich in sich selbst zurückgezogen. An manchen Tagen – so wie heute – fühlt sie sich wie eine Fremde in ihrer eigenen Haut. Ihre langen blonden Haare hat sie zu einem lockeren Zopf gebunden, der nun im Wind flattert, ihre Jeans sind etwas zu groß, der Saum bereits abgewetzt. Auch die Jacke, die sie trägt, hat schon bessere Tage gesehen. Es stört sie nicht, sie hat das Interesse an Kleidung verloren.

Kurz vor dem Ende der Pause bemerkt sie, dass sie beobachtet wird. Eske und ihre beiden Vasallinnen tuscheln und drehen sich zu ihr um. Sie kommen näher. Die drei bilden eine synchrone Einheit, ein eingespieltes Team, das jederzeit zu einem Angriff bereit ist.

Eske geht voran, wie immer. Ihr helles lockiges Haar ist perfekt zu einem hohen Pferdeschwanz gebunden und die schwarze Lederjacke, die sie offen trägt, bläht sich im Wind. Sie hat diese unheimliche Fähigkeit, jedes noch so kleine Zeichen von Schwäche in anderen sofort zu erkennen und gnadenlos auszunutzen.

Sabrina, stämmig gebaut und mit kurz geschnittenen Haaren, die wie die Stacheln eines Igels von ihrem Kopf abstehen, folgt ihr grinsend. Der dicke bordeaux-rote Schal, den sie um ihren Hals gewickelt hat, lässt ihre blasse Haut noch heller erscheinen. Sie ist niemals die große Wortführerin, aber ihre Blicke und das ständige süffisante Lächeln nerven beinahe noch mehr als Eskes spöttische Bemerkungen.

Die dritte im Bunde ist Zoe, sie ist kleiner und zierlicher als die anderen. Wie fast jeden Tag trägt sie ihr dunkles Haar zu einem dicken Zopf geflochten. Ihre abschätzigen Worte schmerzen am meisten, denn es gab eine Zeit, als Zoe ihre beste Freundin war.

Nele wendet sich ab. Als die drei dennoch provokant vor ihr stehen bleiben, spürt sie, wie sich ihr Magen unwillkürlich zusammenzieht. Sie kennt den Ausdruck in Eskes Augen – die Mischung aus Langeweile und sadistischer Freude – nur zu gut.

»Ganz allein, Zuckermaus?«

Ihr süßliches Gesäusel lässt keinen Zweifel daran, dass sie auf Ärger aus ist.

Nele zieht ihren Schulterrucksack fester an sich.

»Lasst mich einfach in Ruhe«, murmelt sie.

»Was hast du gesagt?« Eske beugt sich vor, als hätte sie die Antwort nicht verstanden, doch ihre Mimik verrät, dass sie nur darauf wartet, die Demütigung weiterzutreiben.

Sabrina setzt noch eins drauf und schubst Nele ein Stück mit ihrer Schulter.

»Du solltest wirklich lauter sprechen, Dummerchen, sonst denkt noch jemand, du wärst unsichtbar.«

Nele spürt, wie sich Tränen in ihren Augen sammeln. Mit aller Macht kämpft sie dagegen an, denn diese sichtbare Schwäche würde alles nur noch schlimmer machen. Sie wendet sich ab und versucht, zur Seite weg auszubüxen, doch in diesem Moment greift Sabrina nach Neles Rucksack, der schwer auf ihrer Schulter hängt.

»Lass das!« Sie versucht, ihn festzuhalten, aber Sabrina, die von der anderen Seite daran zerrt, ist stärker. Mit einem kräftigen Ruck reißt sie den Rucksack an sich und reicht ihn an Eske weiter.

»Hey!« schreit Nele und versucht, an Sabrina vorbeizukommen, die ihr den Weg versperrt. Tatenlos muss sie zusehen, wie Eske die obere Klappe ihres Schulrucksacks öffnet, ihn umdreht und den Inhalt herausschüttelt. Bücher, Hefte und Stifte fallen auf den nassen Asphalt, einzelne Arbeitsblätter werden vom Wind verblasen – untermalt von Sabrinas hyänenhaftem Lachen, das nun über den Schulhof hallt.

In diesem Moment läutet die Pausenglocke und Zoe mahnt zum Rückzug.

»Wir sollten wieder reingehen. Nächste Stunde haben wir Mathe . . .«

»Okay.« Eske lässt den Rucksack fallen. »Los, Abmarsch«, kommandiert sie, doch ihre Freundin hat etwas entdeckt.

»Wartet mal, was ist denn das?«

Sabrina geht in die Hocke und greift nach einer

kleinen Stoffpuppe, die zwischen den verstreuten Gegenständen liegt. Gackernd hält sie diese hoch, damit ihre Freundinnen sie sehen können.

»Krass«, kommentiert Eske und nimmt die kleine braune Stoffpuppe genauer unter die Lupe. »Ist das 'ne Voodoo-Puppe? Das ist ja total krank . . .«

Nele spürt, wie ihre Knie weich werden, als sie sieht, wie Sabrina die Puppe umdreht und das Foto auf dem Kopf entdeckt. Es ist ein grob ausgeschnittenes Bild von ihrem Geografielehrer. Konkret von seinem Gesicht mit den spärlichen hellbraunen Haaren, die ihm in die hohe Stirn fallen.

»Das ist Schulte«, ruft Eske aus und ihre Stimme überschlägt sich vor Häme. »Hast du wirklich eine Voodoo-Puppe von unserem Lehrer gemacht? Mann, wie schräg ist das denn? Willst du ihn verfluchen?«

»Hey, guck mal. Seine Augen sind durchstochen!«, ruft Sabrina, während sie die Puppe in der Hand dreht. »Denkst du, er wird davon erblinden?«

Nele kann nichts sagen, denn ihre Kehle ist wie zugeschnürt und die Worte bleiben in ihrem Hals stecken. Niemals sollte jemand diese Puppe zu Gesicht bekommen. Niemand. Schon gar nicht diese drei verdammten Gänse.

»Vielleicht sollten wir dem Püppchen den Kopf abschneiden und sehen, was passiert?«, schlägt Eske vor und ihre Augen glänzen vor Boshaftigkeit.

»Genau, vielleicht kommt Herr Schulte dann morgen kopflos in die Schule?«, lacht Sabrina, wobei sie den Kopf der Puppe einmal herumdreht, sodass ihr Hals ganz dünn wird.

»Hör auf!« Nele stößt das stämmige Mädchen mit der Igelfrisur heftig vor die Brust. »Hör auf! Sie gehört mir, gib sie mir zurück!«

Doch Sabrina reicht die Puppe an Eske weiter, die sie hoch in die Luft wirft. Der Wind greift danach und trägt sie ein Stück weg, bevor sie auf dem Asphalt aufschlägt und an den Rand einer Lache rollt. Nele macht den verzweifelten Versuch, sie aufzuheben, aber Sabrina kommt ihr zuvor. Mit einem schnellen Tritt kickt sie das Stoffpüppchen mitten in die Lache.

»Ups . . .«, spottet sie mit schadenfrohem Grinsen. »Hoffentlich ertrinkt die Arme jetzt nicht.«

Eske kriegt sich gar nicht mehr ein vor Lachen, während Nele mit ihren Sneakers in die Lache treten muss, um nach der Puppe greifen zu können.

»Es tut mir leid«, sagt Zoe plötzlich, dreht sich um und läuft davon.

Im nächsten Moment vernimmt Nele eine andere vertraute Stimme. Eine strenge Stimme.

»Was ist denn hier los? Habt ihr die Glocke überhört?«

Sie erstarrt und blickt hoch.

Vor ihr steht Frau Lemken, die Deutschlehrerin. Ihr dunkler Mantel flattert im Wind und ihre Augen fixieren ein Mädchen nach dem anderen.

Eske und Sabrina, die eben noch lachten, verstummen sofort. Für einen Moment sieht es so aus, als könnten sie sich nicht entscheiden, ob sie bleiben oder weglaufen sollen. Doch dann gewinnt Eskes Bösartigkeit.

»Nele hat eine Voodoo-Puppe, mit der sie Herrn Schulte verflucht.«

Frau Lemkens Blick fällt auf das nasse Stoffbündel in Neles Hand.

»Gib her.«

Mit spitzen Fingern nimmt sie die Puppe an sich. Als sie das Foto erkennt, das wie durch ein Wunder unversehrt geblieben ist, ist sie einen Moment lang sprachlos.

»Was soll das?«, fragt sie dann und durchbohrt Nele mit ihrem Blick.

»Das bedeutet nichts . . .«, stammelt Nele, aber die Worte kommen ihr selbst lächerlich vor. Jetzt, wo Frau Lemken die Puppe in Händen hält, wirkt es, als ob obskure dunkle Machenschaften ans Licht gekommen sind.

»Was hast du dir dabei gedacht?« Die Stimme der Lehrerin hat nun einen schneidenden Ton. »Ich will auf der Stelle eine Antwort.«

Nele weiß, dass es keinen Sinn hat zu lügen, aber die Wahrheit wird sie auch nicht über die Lippen bringen.

»Es war nur ein Scherz«, versucht sie sich herauszureden, doch sie hört selbst, wie unsicher ihre Stimme klingt.

Frau Lemken schüttelt den Kopf und legt ihre Stirn in ernste, tiefe Falten. »Das ist kein Scherz, Fräulein Nielsen, nein, das ist kein Scherz.«

Nele spürt, wie ihr neuerlich Tränen in die Augen steigen. Wieder kämpft sie dagegen an. Niemand, absolut niemand sollte hinter dieses Geheimnis kommen.

»Ich werde das mit dem Schulleiter besprechen«, erklärt Frau Lemken und steckt die Stoffpuppe in ihre Manteltasche, wobei sie darauf achtet, das Foto nicht zu zerknittern.

Nele spürt, wie Panik ihren Körper flutet.

»Bitte, Frau Lemken«, flüstert sie, »es war doch nur ein dummer Scherz.«

Doch die Lehrerin bleibt hart. »Du kommst jetzt mit mir mit.«

Nele setzt wie in Trance ein Bein vor das andere und eine Welle der Verzweiflung überrollt sie. Der Wind weht ihr ins Gesicht und die Blätter wirbeln um ihre Beine. Doch nichts davon dringt in ihr Bewusstsein. Auch die Kälte nicht.

Nur die Angst, vor dem, was nun kommt, hat noch Platz in ihrem Kopf.

2

Dr. Carsten Schulte, Schulleiter des Schauendahl-Gymnasiums, sitzt an seinem schweren dunklen Schreibtisch und betrachtet die selbstgebastelte Voodoo-Puppe, die vor ihm liegt. Er ist ein großer schlanker Mann mit scharf geschnittenen Gesichtszügen und einer randlosen Brille, die ihm ein strenges, aber nicht unfreundliches Aussehen verleiht. Doch im Moment ist sein Gesicht angespannt und er tippt nervös mit den Fingern auf die Schreibtischplatte.

Neben ihm steht sein jüngerer Bruder, Bert Schulte, der als Geografielehrer ebenfalls an der Schule tätig ist – und dessen Bild den Kopf des Püppchens ziert. Er ist etwas kleiner und kräftiger gebaut als sein älterer Bruder und sein Haupthaar ist schütter. Mit verstörtem Gesichtsausdruck greift er nach der Puppe und kann seine Unruhe schlecht verbergen, während er sie in seiner Hand hin und her dreht. Schließlich legt er sie mit einem Ausdruck von Abscheu wieder auf den Tisch zurück.

Frau Lemken hat sich auf einem der Besucherstühle niedergelassen. Ihr Blick hat etwas Unergründliches, während sie jede seiner Bewegungen mit den Augen verfolgt.

»Diese Voodoo-Puppe gehört Nele Nielsen«, berichtet sie, um einen sachlichen Tonfall bemüht.

»Wir müssen der Sache auf den Grund gehen«, erwidert der Schulleiter. Sein Tonfall ist ruhig, aber ernst. »So etwas möchte ich nicht einfach als infantile Aktion abhaken. Ich denke, es wäre wichtig, herauszufinden, was dahintersteckt.«

Frau Lemken nickt zustimmend.

»Da bin ich ganz bei dir, Carsten. Nele hat zwar erklärt, dass es nur ein Scherz war, aber ich denke ebenfalls, dass mehr dahintersteckt. Vielleicht fühlt sie sich von dir, Bert, in irgendeiner Weise ungerecht behandelt? Es wäre wichtig zu ergründen, ob es da tiefer liegende Probleme gibt?«

Bert Schulte hat die Hände in die Taschen seiner Tweetjacke vergraben und zieht nun, wie zum Selbstschutz, die Schultern hoch. Immer wieder wandert sein Blick zur der Stoffpuppe auf dem Schreibtisch und in seinen Augen liegt eine Mischung aus Besorgnis und Argwohn.

»Ich kann mir das nicht erklären. Nele ist eher ruhig im Unterricht, hebt selten die Hand. Ich habe sie hin und wieder ermutigt, sich mehr zu beteiligen, aber vielleicht habe ich da einen falschen Ansatz gewählt.«

Carsten Schulte lehnt sich in seinem Stuhl zurück und verschränkt die Arme vor sich. »Gerade Jugendliche reagieren oft anders, als wir es erwarten. Was auch immer die Beweggründe des Mädchens sein mögen, wir sollten ihnen schnellstmöglich auf den Grund gehen.«

Frau Lemken nickt erneut und sieht die beiden

Männer nacheinander an.

»Dann hole ich Nele herein.«

Ohne eine weitere Antwort abzuwarten, steht sie auf und geht zur Tür. Sie öffnet sie und wirft einen kurzen Blick auf das Mädchen, das im Flur wartet.

»Nele, komm doch bitte herein«, sagt sie in dem ihr eigenen strengen Tonfall.

* * *

Neles Hände umklammern nervös den Saum ihres Pullovers, während sie sich vorsichtig dem imposanten Schreibtisch des Schulleiters nähert. Sie spürt die Blicke der Erwachsenen auf sich ruhen.

Verdammt, Bert Schulte ist auch hier.

Das ist ein Albtraum. Ihre Kehle fühlt sich trocken an.

»Setz dich, Nele«, sagt Dr. Carsten Schulte und weist auf einen Stuhl. Seine Stimme klingt nachsichtig, doch es liegt eine unüberhörbare Autorität darin.

Nele gehorcht. Langsam lässt sie sich auf dem hölzernen Stuhl nieder, der sich viel zu groß für sie anfühlt. Verunsichert hebt sie den Kopf, um den Schulleiter anzusehen, doch ihre Augen werden wie magisch von der Puppe angezogen, die sie auf seinem Schreibtisch entdeckt. Ein unangenehmes Gefühl breitet sich in ihrer Magengrube aus.

»Nele«, beginnt der Schulleiter, und seine Stimme ist nun deutlich ernster, »wir müssen über diese Puppe sprechen. Frau Lemken hat uns erklärt, dass du sie bloß als Scherz gemacht hast. Aber das kann ich nicht glauben. Sag uns doch bitte, was hier los ist.«

Nele beißt sich auf die Lippen. Die Worte liegen schwer auf ihrer Zunge und alles, was sie weiß, ist, dass sie nicht zulassen wird, dass sie ihren Mund verlassen. Sie spürt die Blicke, die auf sie gerichtet sind, wie körperliche Stiche, und fühlt, wie ihr Herz schneller und schneller schlägt. Sie kann ihre Augen nicht von der Puppe lösen, die wie ein Beweisstück zwischen ihr und den Erwachsenen liegt.

Die Stille im Raum wird immer drückender – jeder scheint darauf zu warten, dass sie endlich spricht. Doch genau das tut sie nicht.

Schließlich bricht der Schulleiter das Schweigen selbst.

»Wir verstehen, dass es nicht einfach ist, darüber zu sprechen, aber es ist wichtig, dass wir herausfinden, was dich dazu gebracht hat, so eine Puppe zu machen.«

Nele sagt immer noch nichts, ihre Finger zupfen unaufhörlich an dem Saum ihres Pullovers. Sie wendet all ihre Kraft auf, um ihren Blick auf etwas anderes zu richten. Auf das Fenster. Sie sieht hindurch, fokussiert auf die im Wind tanzenden Blätter und wünscht sich weit, weit weg.

»Nele, was ist hier los?« unternimmt Carsten Schulte einen weiteren Versuch.

Das Blut pulsiert und dröhnt in ihren Ohren. Sie möchte hier nur noch raus.

Der Schulleiter lehnt sich resignierend zurück.

»Okay, Nele, du lässt mir mit deinem kindlichen Trotz keine Wahl. Morgen früh wirst du wieder herkommen, zusammen mit deinen Eltern. Wir müssen das gemeinsam klären.«

Diese Worte fühlen sich an wie ein Schlag ins Gesicht und Nele zuckt zusammen.

»Du kannst jetzt gehen.« Mit einer auffordernden Geste deutet er zur Tür.

Sie erhebt sich langsam. Ihr Körper fühlt sich schwer an, als hätte sie all ihre Kraft verloren. Sie meidet die Blicke der Erwachsenen, während sie zögerlich ein Bein vor das andere in Richtung Tür setzt.

Frau Lemken folgt ihr, schiebt sie hinaus und schließt die Tür.

Die beiden Männer bleiben allein im Büro zurück – allein mit der bedrückenden Stille und der unheilvollen Puppe. Carsten Schulte sieht seinen Bruder an und in seinem Blick liegt die ungestellte Frage, was es mit dieser obskuren Sache auf sich hat.

3

Den ganzen Weg über, als ihr der kalte Wind um die Ohren pfiff, wollte sie bloß nach Hause, und jetzt, wo sie am Esstisch der Familie sitzt, wünscht sich Nele, sie wäre wieder draußen. Allein.

Die Küche der Familie Nielsen ist gemütlich eingerichtet. Doch die beruhigende Wirkung der vertrauten Umgebung will sich, trotz der liebevoll bestickten Kissen auf den bequemen Holzstühlen, nicht einstellen. Das Licht der Pendelleuchte über dem Tisch wirft weiche Schatten auf die alten Dielen.

Neles Blick klettet sich an diesen Schatten fest.

Ihre Mutter schnippt mit dem Finger, um Augenkontakt mit ihrer Tochter herzustellen.

»Was ist heute in der Schule passiert?« Ihre Stimme ist sanft, dennoch liegt eine Art Spannung in der Luft. »Frau Lemken hat angerufen und uns für ein Gespräch mit dem Schulleiter morgen früh einbestellt.«

Nele meidet den Blick ihrer Mutter und starrt stattdessen auf den dampfenden Tee in ihrer Tasse.

»Nele?« Ihr Vater tritt näher an den Tisch, seine Stimme klingt ungewohnt ernst. »Was hat es mit dieser Puppe auf sich, die deine Lehrerin erwähnt hat? Du hast doch nicht ernsthaft eine Voodoo-Puppe gebastelt, oder?«

»Eine Voodoo-Puppe?«, wiederholt Jonas, Neles Bruder, der während der Worte seines Vaters die Küche betreten und sich auf einem der Stühle niedergelassen hat. Sein blondes Haar wirkt so zerzaust, als wäre er gerade erst vom Fußballtraining zurückgekehrt. »Wozu soll das denn gut sein?«

Nele sieht zu Boden und schüttelt den Kopf. »Es war nichts . . . bloß ein dummer Scherz.«

Neles Mutter beugt sich zu ihr hinüber. Strähnen ihrer schulterlangen braunen Haare, die zu einem lockeren Knoten gebunden sind, fallen ihr ins Gesicht. Mit besorgtem Blick mustert sie ihre Tochter.

»Mein Schatz, das klingt überhaupt nicht nach einem Scherz. Du musst uns sagen, was das zu bedeuten hat. Und was sollte das mit dem Foto?«

»Welches Foto?«, will der Vater wissen.

Nele presst ihre Lippen noch fester zusammen.

»Ein Foto von dem Geografielehrer, diesem Schulte? So heißt er doch, nicht wahr?«

Neles Vater schüttelt verwirrt den Kopf. »Was ist damit?«

Die Mutter seufzt. »Ich habe das auch nicht wirklich verstanden. Die Lehrerin meinte, auf dem Kopf der Puppe wäre das Gesicht dieses Lehrers aufgeklebt gewesen.«

»Nee, oder? Das ist ja krass.« Jonas schlägt entspannt ein Bein über das andere. »Mit Nadeln drin und so?«, hakt er belustigt nach.

»Jonas!«, schimpft die Mutter. »Bist du verrückt?«

Ist er nicht, denkt Nele, und vor ihrem geistigen Auge tauchen die beiden Stecknadeln auf, die sie in

Bert Schultes Augen gerammt hatte.

»Nele, nun sag doch endlich was!«, wird ihr Vater nun laut. Er scheint langsam aber sicher die Geduld zu verlieren, zieht seine Hände aus den Hosentaschen und stützt sich auf dem Esstisch auf.

»Ich sage lieber nichts«, ist alles, was Nele dazu einfällt.

»Nee, so geht das nicht, du musst was sagen«, insistiert die Mutter. »Was sollen wir denn morgen früh dem Schulleiter sagen, wenn du nicht mit uns sprichst?«

»Dann sagt ihr eben nichts.«

Nele, die spürt, dass sie die Tränen nicht länger zurückhalten kann, springt so heftig auf, dass ihr Stuhl umfällt, schlägt die Hände vors Gesicht und läuft die knarrende Holztreppe hoch, um sich in ihr Zimmer zu flüchten.

Jonas angelt sich ein Stück Kuchen vom Desertteller.

»Mädchen«, murmelt er mampfend und verdreht die Augen.

»Das ist nicht hilfreich«, ärgert sich der Vater, um anschließend bei seiner Frau Halt zu suchen. »Was meinst du, Edith, was sollen wir denn jetzt tun?«

Doch Neles Mutter zieht die Schultern hoch und beginnt, das Geschirr in die Spülmaschine einzuräumen. »Das weiß ich doch nicht. Nele ist seit Monaten völlig verändert. Manchmal habe ich das Gefühl, als hätte ich sie verloren.«

Er reicht ihr einen Teller, aus seiner Brust entringt sich ein tiefer Seufzer. »Dann ist es vielleicht gut, wenn wir mit dem Schulleiter sprechen. So kann es jedenfalls nicht weitergehen.«

Schweigen ist die unerträglichste Erwiderung

G. K. Chesterton

DONNERSTAG

4

Kurz vor acht sitzt Nele wieder auf dem unbequemen Besucherstuhl im Büro des Schulleiters. Das massive Holz seines Schreibtischs wirkt noch düsterer im flachen Morgenlicht, das durch die hohen Fenster fällt. Ihre Eltern sitzen links und rechts neben ihr, die beiden sind angespannt. Ihr Vater, der sich von der Arbeit freinehmen musste und eine frisch gebügelte Anzughose trägt, hat die Hände ineinander verschränkt, während ihre Mutter nervös mit den Ringen an ihren Fingern spielt.

Ihre langen blonden Haare hängen Nele wie ein Vorhang vors Gesicht und sie versucht, den Blick nicht auf die Puppe zu richten, die erneut mitten auf dem Schreibtisch liegt – wie ein stiller Ankläger. Stattdessen starrt sie auf den Boden und fühlt, wie ihre Finger von Nervosität getrieben am Saum ihres Pullovers zu zupfen beginnen.

Der Schulleiter räuspert sich und blickt über den Rand seiner Brille auf sie herab. Sein Gesicht ist ernst, doch in seinen Augen liegt auch eine gewisse Milde.

»Nele«, beginnt er, »wir wollen verstehen, was es mit dieser Sache auf sich hat. Es beunruhigt uns, wenn eine

Schülerin eine solche Voodoo-Puppe bei sich trägt. Versteh mich nicht falsch, es geht nicht um die Puppe an sich, sondern darum, dass du das Gesicht eines Lehrers aufgeklebt hast und seine Augen auf dem Foto durchstochen sind – so als ob du mit Nadeln hineingepikst hättest.«

Die Stille, die auf diese Worte folgt, setzt Nele schwer zu. Doch nachdem sie immer noch nicht weiß, was sie sagen soll, bleibt sie stumm. Nichts, was sie sagen könnte, würde die Situation verbessern.

»Nele, hast du Nadeln in diese Puppe gestochen?«, will Carsten Schulte nun konkret wissen. »Ist das eine Art Ritual? Hängst du einem Glauben an, der so etwas mit sich bringt?«

»Es ist doch bloß eine Puppe«, meldet sich Neles Mutter zu Wort. Ihre Stimme klingt ein wenig piepsig, wie immer, wenn sie verunsichert ist.

Auch der Vater gibt sich einen Ruck. »Ich kann Ihnen versichern, dass meine Tochter keinem Voodoo-Glauben anhängt. So etwas ist bei uns zu Hause nicht üblich.«

»Das ist sehr beruhigend zu hören, denn wenn ein junges Mädchen in die Fänge einer Sekte gerät, kann das übel enden«, gibt der Schulleiter zu bedenken und wendet sich neuerlich an Nele. »Dann sag uns doch, warum du diese Puppe gemacht hast und was du damit ausdrücken wolltest. Gibt es ein Problem zwischen dir und deinem Geografielehrer?«

Nele spürt, wie schlagartig wieder alle Blicke auf ihr ruhen, und ihr Herz klopft schneller. Sie ringt mit sich, doch tief in ihrem Inneren weiß sie, dass sie nicht nachgeben will. Sie will es nicht erklären, nicht vor all diesen Augen, die sie jetzt fixieren.

»Es ist meine Privatsache«, sagt sie schließlich und ärgert sich, dass ihre Stimme zittert, obwohl sie sich solche Mühe gibt, taff zu sein.

Doch der Schulleiter gibt sich damit nicht zufrieden.

»Nele, diese Puppe trägt das Bild deines Geografielehrers. Seine Augen wurden durchstochen. Du musst doch verstehen, wie das auf uns wirkt. Nämlich so, als ob du Bert Schulte etwas Böses an den Hals wünschst. So etwas ist beunruhigend für andere Menschen.«

»Aber an Voodoo-Zauber glaubt doch niemand . . .«, murmelt Nele.

Dr. Carsten Schulte nimmt nun seine Brille ab und blickt sie direkt an.

»Es geht nicht darum, ob jemand an Voodoo glaubt oder nicht«, sagt er mit seiner milden Stimme, in der so viel Autorität mitschwingt. »Es geht auch um den Respekt, den du deinen Lehrern und Mitschülern entgegenbringst.«

»Respekt?« Nele fühlt, wie das Wort aus ihr herausbricht, bevor sie es zurückhalten kann. »Wenn meine Mitschülerinnen Respekt hätten, säße ich nicht hier. Sie haben mir meinen Rucksack von den Schultern gerissen und ihn ausgeleert. Nur deshalb wurde die Puppe überhaupt entdeckt.«

Die Mutter streicht ihr beruhigend über den Arm, doch sie zieht ihn zurück – gerade eben will sie nicht getröstet werden.

Ihr Vater räuspert sich. »Herr Schulte, danke, dass Sie uns informiert haben, wir haben das Problem verstanden, und wir werden mit Nele zu Hause darüber reden. Sie können sich darauf verlassen, dass unsere Tochter solche Puppen nicht mehr in die Schule mitnimmt. Wir halten es aber auch für wichtig, dass Sie dafür sorgen, dass Mitschülerinnen sich nicht mehr an den Sachen unserer Tochter vergreifen. Oder denken Sie, dass es von Respekt zeugt, wenn drei Jugendliche Neles Schulsachen auf den Boden kippen?«

Dr. Schulte räuspert sich ebenfalls.

»Selbstverständlich wird es auch mit diesen Schülerinnen ein Gespräch geben.«

»Und mit deren Eltern, hoffe ich«, ergänzt Heiko Nielsen, der sich nun so richtig in Rage redet. Dass er für dieses Gespräch einen Urlaubstag opfern musste, wurmt ihn tief. »Denn es kann ja wohl nicht sein, dass Sie bei einem solchen Mobbing tatenlos zusehen.«

Augenblicklich verzieht der Schulleiter das Gesicht. Das Wort *Mobbing* bewirkt in der Sekunde, dass sich sein Magen schmerzhaft zusammenzieht. Ein Mobbingvorwurf wiegt schwer und verursacht einen enormen Verwaltungsaufwand.

»Sie können sich auf mich verlassen«, sagt er daher und reicht Neles Vater die Hand. »Aber Ihre Tochter sollte dringend mit einem Schulpsychologen oder einem Therapeuten sprechen.«

Nele wünschte, der Boden würde sich unter ihr öffnen und sie augenblicklich verschlucken. Das hat ihr gerade noch gefehlt. Sie wird mit niemandem sprechen, und mit einem verdammten Schulpsychologen, den man ihr aufs Auge drückt, schon gar nicht.

Geplättet reicht sie Carsten Schulte die Hand zum Abschied und folgt ihren Eltern auf den Flur hinaus. Ihre Wut ist verschwunden, sie hat Platz gemacht für ein tiefes Gefühl der Ohnmacht. Noch nie zuvor hat sie sich so allein gefühlt.

5

Auf dem Esstisch der Familie Nielsen stehen vier Tassen Tee. Alle unberührt. Der Vater wirft der Mutter einen ungeduldigen Blick zu. Seine schöne Anzughose hängt längst wieder auf dem Bügel im Schrank.

Edith Nielsen sitzt auf einem der Küchenstühle, ihre Hände ruhen in ihrem Schoß und ihr Blick ist auf Nele gerichtet, die ihr gegenübersitzt.

»Du musst uns sagen, was los ist«, fordert sie zum wiederholten Male und blickt ihre verstockte Tochter eindringlich an. »Warum hasst du diesen Lehrer?«

Nele sitzt stumm da, ihre Hände in ihrem Schoß verknotet. Ihre Schultern sind hochgezogen, der Blick fest auf den Boden gerichtet.

»Nele, jetzt sag schon«, drängt ihr Vater, bemüht, ruhig zu bleiben. Doch die Schärfe in seiner Stimme lässt keinen Zweifel daran, dass er Antworten verlangt. »Hat er dir etwas angetan? Du weißt schon, was ich meine. Hat er . . . hmm . . . Grenzen überschritten?«

Nele hebt kurz den Kopf, senkt ihn jedoch wieder.

»Ich mag ihn bloß nicht«, murmelt sie. »Das ist alles.«

Ihr Vater stützt sich mit beiden Armen auf dem

Tisch auf.

»Das reicht nicht als Antwort«, stellt er klar. »Nicht für mich. Ich will wissen, ob dieser Kerl dir etwas angetan hat!«

»Krieg dich wieder ein, Papa«, antwortet Nele trotzig, während sie sich in ihrem Stuhl verkrampft. »Es ist nur eine Puppe. Nichts weiter als ein Stück Stoff und ein Foto.«

»Ich will eine Antwort«, insistiert ihr Vater.

Nele ballt die Hände zu Fäusten, bis ihre Knöchel weiß werden. »Und ich will, dass ihr mich in Ruhe lasst! Wen ich mag oder nicht mag, ist meine Sache, und ihn mag ich nicht. Er . . .« Die Worte bleiben ihr plötzlich im Hals stecken, ihr Atem geht stoßweise, und sie sieht ihre Eltern mit einem Blick an, der zwischen Abwehr und Hilflosigkeit schwankt.

Ihr Vater springt auf, läuft um den Tisch herum und packt sie an den Oberarmen. »Nele, hör auf, dich so einzumauern. Wir wollen dir doch helfen, aber dafür müssten wir die Wahrheit kennen.«

Nele schüttelt den Kopf, Tränen rinnen über ihre Wangen. Sie reißt sich aus dem Griff ihres Vaters los und läuft zur Tür.

Die Mutter versucht, sie aufzuhalten, aber sie duckt sich schnell an ihr vorbei und stürmt ins Freie. Sie ist eine schnelle Läuferin, die schnellste ihrer Klasse. Ihre Eltern kommen ihr schon seit Jahren nicht mehr hinterher.

Der Wind schlägt ihr ins Gesicht, aber er ist ihr willkommen, weil er dafür sorgt, dass sie die Rufe ihrer Mutter kaum noch wahrnimmt.

6

Carsten Schulte betrachtet seinen Bruder, der sich ans Fenster lehnt und auf den Schulhof hinausstarrt. Seine hohe Stirn, die nur schlecht von seinem schütteren Haar bedeckt ist, weist tiefe Sorgenfalten auf. Tut er nur so, oder sieht er tatsächlich zu, wie die braunen Blätter über den grauen Asphalt fegen, während die Wolken sich am Himmel zusammenziehen?

Als Schulleiter hat er seinen Bruder gebeten, nach Dienstende nochmal vorbeizukommen, denn die Ereignisse rund um die Voodoo-Puppe haben ihn ziemlich ratlos zurückgelassen.

»Wir sind jetzt unter uns. Kannst du mir sagen, was es mit dieser Sache auf sich hat?«

Bert dreht sich langsam zu ihm um, wobei er die Schultern hochzieht.

»Ich weiß es nicht«, sagt er leise und lässt sich auf einem der Besucherstühle nieder. »Nele ist eine unauffällige Schülerin. Es hat nie irgendwelche Anzeichen gegeben, dass sie . . . so etwas tun würde. Ich kann es mir nicht erklären.«

»Es muss doch einen Grund geben«, murmelt Carsten Schulte, mehr zu sich selbst als zu seinem

Bruder. »Schüler tun so etwas nicht ohne Anlass. Ist sie mit ihren Noten unzufrieden, oder hat sie sich von dir bloßgestellt gefühlt? War da irgendetwas, das sie als ungerecht empfunden haben könnte?«

Bert schüttelt den Kopf und reibt sich die Schläfen, als würde er versuchen, eine klare Antwort aus den Tiefen seines Gedächtnisses zu extrahieren.

»Ich habe nichts Außergewöhnliches mit ihr besprochen. Klar, ich erwarte von meinen Schülern viel, aber ich würde nie jemanden absichtlich vorführen oder bloßstellen. Wenn sie Schwierigkeiten hatte, hätte sie zu mir kommen können. Aber das hat sie nicht getan.«

Carsten hört seinem Bruder zu, während er versucht, die Puzzleteile in seinem Kopf zusammenzusetzen. Es ist nicht zum ersten Mal vorgekommen, dass ein Kind auf unkonventionelle Weise reagiert, wenn es sich ungerecht behandelt fühlt. Aber dieser Fall fühlt sich anders an. Die Puppe, das Foto von Bert, die seltsame Mischung aus Trotz und Verschlossenheit, die Nele an den Tag legt – all das lässt ihn grübeln. Sein Blick geht zurück zum Fenster. Die wirbelnden Blätter draußen spiegeln die Unruhe wider, die sich in ihm ausbreitet. Bei jungen Mädchen und ihren Gefühlsverirrungen muss man vorsichtig sein, das hat er nur allzu schmerzhaft am eigenen Leib erfahren.

»Vielleicht ist es etwas, das tiefer geht, etwas Persönliches, das wir nicht sehen? Eine Unsicherheit oder ein Gefühl der Hilflosigkeit«, überlegt er laut.

Bert nickt langsam, auch in seinen Augen spiegelt sich Sorge, seine Stimme klingt enttäuscht.

»Ich habe mir immer Mühe gegeben, ein gutes Verhältnis zu meinen Schülern zu haben. Es kränkt mich, dass Nele nicht mit mir das Gespräch gesucht hat, sondern stattdessen diese . . . nun ja . . . Sache macht. Ich meine, was sollen sich die Kollegen denken?«

Carsten seufzt tief und lehnt sich in seinem Stuhl zurück. Sein Bruder hat nicht unrecht. So eine Geschichte hat das Potenzial, alle möglichen Gerüchte nach sich zu ziehen.

»Ich hoffe, dass die Eltern meinem Rat folgen und so rasch wie möglich einen Psychologen hinzuziehen.«

Bert nickt und nimmt seine Jacke an sich.

»Das hoffe ich auch. Ich werde jetzt gehen. Du weißt ja, wie Mutter ist. So erwachsen kann ich gar nicht sein, dass sie sich keine Sorgen macht, wenn ich später als gewöhnlich heimkomme.«

Carsten nickt lächelnd. »Ja, so ist es. Das ist eben unser Schicksal als Männer – egal ob Mütter oder Ehefrauen, wenn wir zu spät heimkommen, sind sie alle gleich.«

7

Der Wind rüttelt an dem alten Backsteinhaus, in dem Bert Schulte mit seiner Mutter lebt. Das Gebäude, das vor gut hundert Jahren errichtet worden ist, strahlt eine gewisse Robustheit aus, auch wenn es seine besten Jahre längst hinter sich hat. Der Einrichtung geht es nicht viel besser. Die schweren Holzmöbel in der Küche sind dunkel und abgenutzt, die Sitzflächen der Stühle leicht eingesunken, die Tischplatte von zahllosen Kratzern gezeichnet.

Über dem Esstisch hängt ein Kronleuchter, dessen vergilbte Glasprismen das Licht der einzigen Glühbirne in seltsamen Schattenmustern über die Wände tanzen lassen.

Bert sitzt auf einem der Stühle, den Rücken gerade, die Hände auf dem Schoß gefaltet. Seine Mutter, eine zierliche Frau mit schneeweißem Haar, das in einer lockeren Dauerwelle liegt, stellt den dampfenden Eintopf auf den Tisch. Sie trägt ein altmodisches geblümtes Kleid, das bis zu den Knöcheln reicht, und eine Strickjacke, deren Ärmel leicht ausgeleiert sind. Ihre Bewegungen sind langsam und bedacht, ein

Zeichen der Jahre, die ihren Rücken gebeugt und ihre Gelenke steif gemacht haben.

»Wie war dein Tag, mein Junge?«, fragt sie mit ihrer prägnanten Stimme, die trotz ihres Alters nichts von ihrer Klarheit verloren hat, und ihre blass-blauen Augen mustern ihn dabei mit dem Ausdruck mütterlicher Fürsorge, den er schon sein ganzes Leben lang kennt.

»Ganz normal, Mutter.« Bert zwingt sich zu einem Lächeln und greift nach dem Löffel, den sie ihm reicht.

Der Eintopf ist heiß und herzhaft und verströmt den Geruch, der ihm seit seiner Kindheit vertraut ist. Doch heute Abend mangelt es ihm an Appetit. Die Ereignisse des Tages, die er vor seiner Mutter verbirgt, belasten ihn schwer.

»Die Schüler waren ruhig, es war ein angenehmer Tag.«

Die Mutter nickt langsam, während sie sich selbst auf einen Stuhl setzt und zu essen beginnt. Ihre Hände zittern leicht und Bert kann die Anstrengung sehen, die es sie kostet, den Löffel zum Mund zu führen, ohne etwas zu verschütten. Sie ist immer eine Frau gewesen, die auch die kleinen Dinge des Lebens zu schätzen weiß, und das gemeinsame Einnehmen des Abendessens ist für sie von großem Wert.

Ihretwillen zwingt er sich, den vollen Löffel in den Mund zu schieben.

»Es ist schön, dass du so viel Geduld mit den Kindern hast.« In ihr Lächeln mischt sich Stolz.

Er nickt und murmelt etwas Unverbindliches, während er sich weiter mit der Mahlzeit abmüht. Die warme Küche und das gedämpfte Licht sollten ihm eigentlich die ersehnte Entspannung bringen, doch die

Gedanken an das Mädchen lassen ihn nicht los. Es ist, als ob sich ein dunkler Schatten über diesen Abend gelegt hätte, ein Gefühl der Unruhe, das er nicht abschütteln kann.

Nach dem Essen räumt er wie jeden Abend den Tisch ab. Er stellt den schweren Topf zurück auf den Herd, das schmutzige Geschirr in die Spüle und dreht den Wasserhahn an.

Das leise Plätschern des Wassers und das Klirren der Teller sind die ständigen Begleiter seiner Abendroutine, seit die Kräfte seiner Mutter schwinden. Früher hat sie bis spätabends Familie und Haushalt versorgt, doch seit einiger Zeit schon ist sie bereits nach dem Essen erschöpft.

»Geh du ruhig ins Bett«, sagt er. »Ich bringe das hier noch zu Ende.«

Sie nickt, legt eine Hand auf seine Schulter und sieht ihn einen Moment lang an.

»Du bist ein guter Sohn, Bert«, sagt sie leise, bevor sie sich langsam hinaus auf den Flur in Richtung Badezimmer begibt.

8

Die Nacht ist stürmisch. Obwohl Bert das Rascheln der Bäume und das Pfeifen des Windes beim Einschlafen gerne hört, will es ihm heute nicht gelingen. Er ist unruhig, aufgewühlt, nickt nur hin und wieder ein, um erschrocken wieder hochzufahren.

Der Lärm erwischt ihn gänzlich unvorbereitet. Ein lautes Krachen, das Splittern von Glas und das dumpfe Aufschlagen von etwas Schwerem, das auf den Boden fällt.

Vor Schreck setzt sein Herz einen Schlag aus, bevor es wild in seiner Brust zu pochen beginnt.

»Mutter!«, ruft er, springt aus dem Bett und stürmt die Treppe hinunter, um zu ihrem Schlafzimmer zu gelangen, das sie aus gesundheitlichen Gründen schon vor Jahren ins Erdgeschoss verlegt hatten. Als er das Wohnzimmer durchquert, stockt ihm der Atem.

Ein Ziegelstein liegt inmitten von Glasscherben auf dem schönen Eichenboden und eine brennende Flasche rollt genau darauf zu. Augenblicklich züngeln die Flammen hoch.

Die Stimme seiner Mutter dringt an sein Ohr,

schwach und ängstlich.

»Bert? Bert? Hilfe!«

Er stürmt in ihr Schlafzimmer und findet sie wie hingeworfen auf dem kalten Fußboden vor. Ihr Gesicht ist schmerzverzerrt und er kann die Angst in ihrem Blick sehen.

»Wir müssen hier raus«, sagt er hastig, hebt sie hoch und trägt sie durch das Wohnzimmer. Die Flammen breiten sich schnell aus, der Rauch wird dichter und er spürt die Hitze, die ihm entgegenschlägt. Er beißt die Zähne zusammen, während er mit seiner schweren Fracht auf den Ausgang zueilt.

* * *

Feuerwehrkommandant Taako Kelsen springt aus dem Führerhaus des ersten Löschwagens, als sie das brennende Haus erreichen. Der kalte Wind peitscht ihm den Regen ins Gesicht, der nicht ausreicht, um den Brand zu löschen, jedoch seine Arbeit erschwert.

Sein Blick richtet sich auf den Feuerschein, der sich düster gegen die schwarze Nacht abzeichnet. Nur in einem Raum sind Flammen zu erkennen, offenbar sind sie noch rechtzeitig gekommen – bevor das Feuer sich durch die alten Holzbalken frisst. Die Fenster sind zerborsten und heiße, flackernde Zungen schlagen aus den Rahmen. Der Rauch, dicht und beißend, mischt sich mit dem Regen, der in dicken Tropfen vom Himmel stürzt.

»Schnell, Leute! Wir müssen das Übergreifen der Flammen verhindern!«, ruft er seiner Crew zu. Die Männer reagieren sofort, bringen die Löschfahrzeuge in Position und rollen die Schläuche aus. Jeder hier weiß, dass nicht viel Zeit bleibt, um ein Übergreifen des Feuers auf die oberen Stockwerke zu verhindern.

Die Hitze ist intensiv, er kann sie spüren, obwohl ihm der Regen unaufhörlich auf den Helm prasselt. Die Sicht ist schlecht, und so bemerkt er den völlig durchnässten Mann mit dem panischem Blick erst, als jener vor ihm steht.

»Gut, dass Sie da sind!«

»Haben Sie uns gerufen?«, will Taako wissen.

»Ja. Ich bin Bert Schulte, das hier ist mein Haus. Und das meiner Mutter. Zum Glück war ich wach, als der Anschlag geschehen ist.«

»Der Anschlag?«

»Ja. Ich fürchte, so muss man es nennen. Jemand hat einen Ziegenstein und eine brennende Flasche in unser Haus geworfen. Binnen Sekunden stand alles in Flammen.«

»Ist noch jemand im Haus?«

»Nein. Niemand. Hier wohnen nur meine Mutter und ich. Wir sind beide schon im Freien, ich habe für sie einen Krankenwagen gerufen.«

»Gut. Dann suchen Sie Schutz vor dem Regen, bis er eintrifft. Wir beginnen jetzt mit den Löscharbeiten.«

Nachdem die Lage weitgehend unter Kontrolle ist, zieht sich Taako zum Telefonieren in den Einsatzwagen zurück und tippt eine ihm vertraute Nummer an.

»Sophie? Hier ist . . . ja, schön, dass du mich an der

Stimme erkennst . . . ach, das Display . . . ja, ich weiß, dass es drei Uhr früh ist. Aber ich bin hier bei einem Hausbrand in der Arndtstraße 17. Die Sache sieht nicht nach einem Unfall aus. Der Besitzer spricht sogar von einem Anschlag. Ich denke, du solltest so schnell wie möglich herkommen.«

Das Gewissen ist eine Uhr, die immer richtig geht, nur wir gehen manchmal falsch

Erich Kästner

FREITAG

9

Als Oberkommissarin Sophie Meerkatz frühmorgens den Großraum der Kripo betritt, wirkt er noch ruhig und verschlafen – obwohl ihre Kollegen Jasper Hinrichs und Svenja Tades bereits anwesend sind. Die beiden sitzen mit dampfenden Kaffeetassen vor ihren Bildschirmen, die Augenlider auf halbmast.

»Moin«, sagt Sophie und hängt ihre völlig durchnässte Jacke an den Garderobenhaken. »Habt ihr von dem Brandanschlag letzte Nacht gehört?«

»Brandanschlag?« Jasper löst den Blick von seinem Monitor, während Svenja neugierig näherkommt.

»Siehst du deshalb so aus?«, fragt sie ihre Kollegin mit einem Schmunzeln.

»Wie sehe ich denn aus?«

Wie etwas, das die Katze ins Haus geschleppt hat, denkt Svenja, sagt jedoch: »Nun, deine Locken sind ein wenig verstrubbelter als sonst, und dein Make-up wirkt ein wenig . . .«

»Schon klar«, unterbricht Sophie und fährt sich mit den Fingern durch ihre rotbraunen Locken, die schon in gepflegtem Zustand widerborstig sind. »Ich hatte ‘ne harte Nacht. Taako rief mich um drei Uhr früh an, es gab einen Brandanschlag auf ein Einfamilienhaus in Schobüll.«

»Oh, das ist ganz in deiner Nähe«, sagt Svenja überrascht.

Sophie nickt. Seit sie mit Finn zusammengezogen ist, wohnen sie in einem idyllischen Häuschen im benachbarten Hockensbüll, das sie – ebenfalls nach einem Brand – liebevoll renoviert haben. Sie weiß also nur zu gut, wie es sich anfühlt, wenn das eigene Zuhause in Flammen steht.

»Weiß der Rüde es schon?«, will Jasper wissen.

»Ja. Ich habe mit ihm telefoniert. Aber nachdem niemand ernsthaft verletzt ist, sieht er keinen dringenden Handlungsbedarf. Er kommt heute erst am Nachmittag ins Büro, weil . . .«

». . . weil er mit Maike zusammen Vera von der Reha-Einrichtung abholt«, übernimmt Svenja das Ende des Satzes, da sie, was die privaten Angelegenheiten ihres Chefs betrifft – aufgrund der Freundschaft zu seiner Frau – immer bestens informiert ist. Und Thema Nummer eins im Leben ihrer Freundin Maike ist ihre manisch-depressive Schwester, die nach einem Selbstmordversuch ihr Leben wieder in den Griff bekommen möchte.

Jasper sagt lieber nichts dazu. Er hat diese Krankheit nie verstanden, vermutlich aus einem tiefen Unverständnis heraus, wie man das Leben nicht schätzen kann. Weil er aber mit seinen Kolleginnen keine Diskussion vom Zaun brechen will, zieht er es vor, kommentarlos seinen heißen Kaffee zu schlürfen.

»Schlürf nicht so«, rügt ihn Svenja prompt und wirft ihm einen tadelnden Blick zu.

»Erzähl uns mehr über diesen Brandanschlag«,

fordert sie Sophie auf und die Neugier blitzt aus ihren Augen.

»Ich weiß noch kaum etwas. Nur, dass das Wohnzimmerfenster mit einem Ziegelstein eingeworfen wurde und ein Brandsatz hinterherflog. Die Bewohner sind ein Lehrer namens Bert Schulte, einundvierzig Jahre alt, und seine betagte Mutter Herta, einundachtzig Jahre alt.«

»Ein Lehrer mit einundvierzig, der noch bei seiner Mutter wohnt?«, hakt Svenja ein wenig spöttisch nach. »Hat seine Frau ihn rausgeworfen oder hat ihn noch nie eine gewollt?«

»Du hast heute eine böse Zunge«, beschwert sich Jasper und fügt ein wenig verlegen an, »das wäre auch mein Schicksal gewesen, wenn sich Billi nicht meiner erbarmt hätte.«

Sophie blickt überrascht zu ihm hinüber. Ihr Kollege hat mit seinen ehrlichen Worten vielleicht nicht unrecht. Als sie vor über drei Jahren hier in Husum ankam, war er ein unsicherer, nervöser junger Mann, der sich mit Frauen nicht normal unterhalten konnte. Seine Freundin, die offenbar sein Potenzial erkannt hatte, hat sein Leben verändert, indem sie ihn zu einem zweifachen Familienvater gemacht hat, der nun deutlich selbstbewusster durchs Leben geht.

»Wir werden der Sache jedenfalls auf den Grund gehen«, erklärt sie in einem Tonfall, der keinen Widerspruch duldet. »Dieser Brandanschlag kann als versuchter Mord gewertet werden, auch wenn die Opfer glimpflich davongekommen sind. Wir werden uns als Erstes mit dem Lehrer unterhalten, um herauszufinden, wer hinter dieser Sache stecken könnte.«

10

Der Regen hat dem Nebel Platz gemacht und die engen Straßen der Stadt in ein düsteres Grau getaucht. Jasper sitzt am Steuer des Dienstwagens, eine Hand locker auf dem Lenkrad. Die andere benötigt er, um sich hinter dem Ohr zu kratzen.

»Also, der Lehrer ist unverletzt, aber seine Mutter hat zu viel Rauch abbekommen?«

»Nein«, korrigiert Sophie. »Die alte Dame ist beim Versuch, aus dem brennenden Haus zu flüchten, gestürzt. Also vermutlich eher ein Beinbruch. Genaueres werden wir erst vor Ort erfahren.«

Der Betonbau des Krankenhauses ist schlicht und nüchtern, der Eingangsbereich kaum besucht. Ihre forschen Schritte hallen von den Wänden wider.

Sophie wendet sich an die Mitarbeiterin des Empfangsbereichs, weist sich aus und fragt nach Herta Schulte, der Mutter des Lehrers, die ihren Informationen nach stationär aufgenommen wurde.

»Zimmer 327, das ist im 3. Stock. Die Fahrstühle sind hier gleich links«, lautet die freundliche Antwort.

Oben angekommen, studieren sie die Hinweistafeln.

»Wir müssen nach rechts«, sagt Sophie schließlich.

Der Flur des Krankenhauses ist lang und kühl, die Wände in einem sterilen Weiß gestrichen. Neonlichter werfen ein grelles Licht auf den Boden, der aus grauem Linoleum besteht. Eine Reihe von Türen führt zu den verschiedenen Patientenzimmern, der Geruch von Desinfektionsmittel hängt in der Luft.

In einer Fensternische, in der Besucherstühle aufgestellt sind, entdeckt sie einen Mann um die vierzig, den sie sich gut und gerne als Lehrer vorstellen könnte. Er hockt auf einem jener Stühle, die Schultern leicht nach vorn gesunken. Ganz so, als trage er eine unsichtbare Last. Seine Kleidung, bestehend aus einer Cordhose und einem karierten Hemd, ist nicht nur zerknittert, sondern verströmt auch einen unangenehmen Rauchgeruch.

»Sind Sie Bert Schulte?«, fragt Sophie, woraufhin sie ein müdes Nicken erhält. Aus der Nähe betrachtet wirkt er von den Ereignissen der Nacht gezeichnet. Sein Gesicht ist grau, und seine Augen sind gerötet.

»Mein Name ist Oberkommissarin Meerkatz, das hier ist mein Kollege, Jasper Hinrichs. Wir sind von der Kripo Husum und möchten gerne mit Ihnen über den Brandanschlag sprechen.«

Der Mann hievt sich hoch und reicht ihr die Hand.

»Gut, dass Sie hier sind, es war wie in einem fürchterlichen Albtraum. Ich bin aufgewacht, weil ich das Klirren des Fensters gehört habe«, beginnt er mit einer rauen Stimme zu berichten. »Sie müssen wissen, ich schlafe oben im ersten Stock, also lief ich hinunter und sah, dass jemand einen Ziegelstein durch unser Wohnzimmerfenster geworfen hatte. In diesem Moment flog eine brennende Flasche mit Benzin hinterher . . .«

»Eine brennende Flasche mit Benzin?«, unterbricht Sophie überrascht. »Woher wussten Sie, dass es Benzin war?«

Schulte blickt sie nun perplex an. »Das wusste ich natürlich nicht. Aber was soll es denn sonst gewesen sein? Es war eine Flasche mit einer Flüssigkeit darin. Vielleicht war es auch Öl, Diesel oder Spiritus. Jedenfalls lief die Flüssigkeit aus und in derselben Sekunde stand alles in Flammen.«

»Gut, dass Sie sich und Ihre Mutter rechtzeitig in Sicherheit bringen konnten«, sagt Jasper.

»Ja«, antwortet Schulte und reibt sich die Augen. »Meine Mutter schläft in dem Zimmer neben dem Wohnzimmer. Sie kann aufgrund ihres hohen Alters die Treppe nicht mehr hochgehen. Sie wurde von dem Lärm geweckt, aber sie stürzte, als sie in der Aufregung das Bett verließ. Ich habe sie im Nachthemd aus dem Haus getragen und im strömenden Regen in der Wiese abgesetzt. Können Sie sich das vorstellen?« Seine Stimme bricht leicht, als er daran zurückdenkt.

»Dieser Angriff war offenbar gezielt«, stellt Sophie fest. »Haben Sie irgendeine Vorstellung, wer das getan haben könnte?«

Schulte legt nun seine Stirn in Falten. »Sie wollen von mir wissen, wer das getan hat? Genau das Gleiche wollte ich Sie eben fragen! Also, ich . . . ich habe keine Ahnung.«

»Gibt es jemanden, der Ihnen oder Ihrer Familie Schaden zufügen möchte?«, hakt Jasper nach. »Jemanden, mit dem Sie in letzter Zeit Streit hatten?«

Bert Schulte überlegt kurz, während seine Augen über den tristen Flur wandern.

»Nein . . . niemand. Mir fällt niemand ein, der so etwas tun würde.«

»Haben Sie vielleicht etwas Ungewöhnliches bemerkt? Vor dem Brand, meine ich, vielleicht Tage oder Wochen vorher?«, gräbt Sophie nach weiteren Hinweisen.

Doch Schulte lässt sich erschöpft auf den Stuhl sinken und schüttelt dann langsam den Kopf. »Nein, nichts Ungewöhnliches. Weder in den Tagen davor noch gestern. Es war ein ganz normaler Abend . . . bis . . . bis es eben passiert ist.«

»Nun gut«, sagt Sophie, bemüht, ihre Enttäuschung zu verbergen. »Wir müssen auch mit Ihrer Mutter sprechen. Wie geht es ihr?«

»Leider nicht so gut.«

»Hat sie sich etwas gebrochen?«

»Nein, von dem Sturz hat sie sich bloß einige Hämatome zugezogen . . . es ist ihr Herz, das uns Sorgen macht. Sie hatte einen Herzinfarkt. Es kann sein, dass sie deshalb gestürzt ist, oder auch, weil sie gestürzt ist. Die Ärzte sind sich da nicht sicher. Die Aufregung hat ihrem Herzen jedenfalls zugesetzt, deshalb muss sie einige Tage hier bleiben, um sich zu erholen.«

»Das tut mir leid«, sagt Jasper und meint es auch so. »Bitte geben Sie uns Bescheid, wenn wir mit ihr sprechen können.«

»Natürlich.«

»Und lassen Sie uns auch wissen, wo wir Sie erreichen können, wenn wir noch weitere Fragen haben«, erklärt Sophie abschließend und überreicht dem unglücklichen Lehrer ihre Visitenkarte, die er mit einem zustimmenden Nicken entgegennimmt.

11

Am Tatort ist der Horror der vergangenen Nacht noch deutlich zu spüren. Das gediegene alte Backsteinhaus ist in einem schrecklichen Zustand. Die Spuren des Feuers sind ebenso deutlich zu sehen wie jene der Löscharbeiten. Die Wände des Wohnzimmers sind rußgeschwärzt, die Fensterrahmen verkohlt. Der schnelle Einsatz der Feuerwehr hat zwar ein Übergreifen der Flammen auf andere Teile des Hauses verhindert, die Schäden des Löschwassers sind aber enorm. Nicht nur das Erdgeschoss des Hauses, sondern auch der Garten ist mit Asche und Schlamm überschwemmt. Die Zierblumen wurden zertrampelt und geben ein trauriges Sinnbild der Zerstörung ab, das durch den unangenehmen Geruch nach verbranntem Holz und Kunststoff verstärkt wird.

Etliche Einsatzkräfte der Feuerwehr und der Polizei sind vor Ort. Die Kollegen der Spurensicherung sammeln Beweise, machen Fotos und besprechen sich in kleinen Gruppen.

Sophie entdeckt Taako in der Menge und winkt ihm zu. Er nickt zurück und kommt ihr entgegen.

»Gut, dass ihr hier seid.« Er begrüßt Sophie mit

einem warmen Lächeln und Jasper mit einem freundschaftlichen Handschlag.

»Habt ihr schon mehr herausgefunden?«, will Sophie wissen.

Taako nickt. »Kann man so sagen. Es handelt sich definitiv um einen Anschlag. Die Scherben im Wohnzimmer und der Ziegelstein sprechen ganz ohne Zweifel für eine Einwirkung von außen. Wir haben Proben von der Brandstelle gesammelt, die jetzt im Labor analysiert werden. Sie sollen uns mehr über die Zusammensetzung des Brandsatzes verraten.«

»Hast du mit den Nachbarn gesprochen?«, will Sophie wissen. »Hat jemand etwas gesehen?«

»Nein. Diejenigen, die aufgetaucht sind, hatten bloß Angst um ihre eigenen Häuser. Alle waren mehr oder weniger panisch, dass die Flammen übergreifen.«

»Verständlich«, kommentiert Jasper, der sich Notizen macht.

»Bei den umliegenden Bewohnern werden wir uns als Erstes umhören«, erklärt Sophie. »Nachdem Bert Schulte laut eigenen Angaben keine Feinde hat, können wir nur hoffen, dass irgendjemand irgendetwas bemerkt hat.«

Sie wendet sich zum Gehen, doch Taako hält sie zurück.

»Kann ich abends vorbeikommen?«, flüstert er ihr zu. »Ich möchte mit euch über Nils sprechen.«

»Klar doch.« Sophie schmunzelt. Ihr Ex-Freund spricht in letzter Zeit gerne über Nils. Bevorzugt dann, wenn ein Champions League-Spiel auf Sky läuft, so wie heute. »Finn freut sich sicher über deine Gesellschaft.«

»Gut. Sag ihm, ich bringe etwas zum Grillen mit. Und einen Kasten Bier«, fügt Taako nun grinsend hinzu.

»Kann ich auch kommen?«, fragt Jasper plötzlich und Sophies Kopf fährt herum. Ihr Kollege ist üblicherweise das, was sie als Nesthocker bezeichnen würde. Seit er zwei kleine Töchter hat, verbringt er jede freie Minute zu Hause.

»Möchtest du auch über Nils reden?«, erwidert sie belustigt.

»Nee, aber ich hab kein Sky. Und außerdem läuft heute Abend irgendeine blöde Talkshow. Da hab ich gegen Billi und Mutti nicht die geringste Chance.«

»Selbst schuld«, erklärt Sophie spöttisch. »Du hast es verabsäumt, dich mit Sven gegen die Frauen in eurem Haus zu verbünden. Die weibliche Übermacht ist dann eben die logische Konsequenz.«

Jasper verzieht das Gesicht. Seine Kollegin hat einen wunden Punkt getroffen. Mit Sven, dem Lebensgefährten seiner Mutter, verbindet ihn bloß ein Waffenstillstand, kein echter Friede. Zu viel ist zwischen ihnen vorgefallen, als dass eine Freundschaft hätte entstehen können. Vielleicht sollte er dieses Thema einmal angehen, doch bis heute Abend bekommt er die Sache nicht bereinigt.

»Also kann ich nun kommen?«

»Meinetwegen«, sagt Sophie schmunzelnd.

12

Hauptkommissar Rüdiger Thomsen lenkt seinen Land Rover über den mit Kies bestreuten Parkplatz der Rehabilitationseinrichtung. Ein Strahl der Vormittagssonne, der durch ein Loch in der grauen Wolkendecke bricht, blendet ihn, sodass er beim Einparken für die Rückfahrkamera dankbar ist. Auch in der verglasten Front des Gebäudes spiegelt sich das grelle Licht und Maike schirmt ihre Augen ab, als sie aussteigt und den terrassenartigen Eingangsbereich nach ihrer Schwester absucht.

»Da ist sie«, sagt sie erleichtert und deutet auf eine Frau in einem dunkelblauen Mantel. Sie wirkt unsicher, aber als sie ihre Schwester entdeckt, hellt sich ihr Gesicht auf.

Maike läuft ihr entgegen und umarmt sie fest.

»Endlich bist du wieder raus«, sagt sie mit einem Lächeln, das ihre Anspannung nicht ganz verbergen kann. »Wie geht's dir?«

»Besser.« Veras Stimme klingt zuversichtlich und sie küsst ihren Schwager zur Begrüßung auf die Wange. »Danke fürs Abholen, Rüde.«

Thomsen brummt etwas Unverständliches, schnappt

sich Veras Koffer und hebt ihn in den Kofferraum.

»Du siehst sehr erholt aus«, freut sich Maike und hält ihrer Schwester die Tür zum Fond des Wagens auf. Sie selbst nimmt auf dem Vordersitz neben ihrem Mann Platz.

Während der Fahrt kommt der Small-Talk bald zum Erliegen. Thomsen konzentriert sich auf den Verkehr und Maike überlegt, wie sie das heiße Eisen am besten anfassen soll. Soll sie proaktiv vorgehen oder warten, bis Vera auf das heikle Thema zu sprechen kommt?

Sie dreht sich zu ihrer Schwester um. Vera sieht aus dem Fenster, ihre Augen folgen den vorbeiziehenden Feldern, während sie mit den Fingern nervös an einem losen Faden ihres Mantels zupft.

»Freust du dich schon auf deine Wohnung?«, fragt Maike, um das Gespräch wieder in Gang zu bringen.

»Ja klar. Ich freue mich schon sehr«, sagt sie, aber ihre Stimme lässt jegliche Begeisterung vermissen. Doch plötzlich blitzt in ihren Augen eine beinahe kindliche Vorfreude auf. »Und natürlich auf Fredi. Er fehlt mir wahnsinnig . . . warum habt ihr ihn nicht mitgebracht?«

Maike wirft ihrem Mann einen schnellen Blick zu. Da ist sie nun, die heiße Kartoffel. Sie schluckt ein wenig verlegen. »Ja, also . . . Fredi . . . ist zu Hause«, sagt sie schließlich.

»Das dachte ich mir schon. Aber warum eigentlich? Ich habe mich so auf ihn gefreut«, erwidert ihre Schwester.

Thomsen spannt die Kiefermuskeln an, während er den Blick starr auf die Straße gerichtet hält. Er hat sich fest vorgenommen, sich aus dieser Sache rauszuhalten. Nun ja, um genau zu sein, hatte ihn Maike darum gebeten. *Du kannst so krass ehrlich sein, da können wir sie gleich wieder in die Klinik zurückbringen*, waren ihre Worte gewesen. Also hat er ihr versprochen, nichts zu sagen – auch, wenn das bedeutet, dass sie sich alleine durch das Gespräch quälen muss.

Maike drückt ihre Hände fest ineinander und holt tief Luft. »Wir dachten, es wäre besser, wenn du dich erst mal erholst, bevor du dich wieder um Fredi kümmerst.«

Veras Stimme klingt sofort eine Oktave höher. »Was soll das heißen? Ich habe mich die ganze Zeit über auf ihn gefreut. Und bestimmt vermisst er mich auch. Er ist doch mein Hund!«

»Vera . . .«, seufzt Maike, und ihre Stimme hat nun einen ernsten Unterton. »Fredi war vor deinem . . . mhm . . . Aufenthalt hier nicht gut versorgt . . .«

»Ja, aber doch nur, weil es mir nicht gut ging. Aber jetzt ist alles wieder in Ordnung. Ich möchte mein Leben und meinen Hund zurück.«

Maike wechselt neuerlich einen Blick mit ihrem Mann, bevor sie sich entschlossen zu ihrer Schwester umdreht. »Wir glauben nicht, dass du im Moment bereit bist, die Verantwortung für ihn zu übernehmen. Fredi hat sich an uns gewöhnt, es geht ihm gut . . .«

Vera starrt sie und Thomsen nun abwechselnd an. Ihre Finger verkrampfen sich, als sie den Mantel enger um sich zieht.

»Ihr wollt mir Fredi nicht zurückgeben?«, fragt sie, und die Worte hängen schwer im Raum. Ihre Augen füllen sich mit Tränen und sie schlägt mit der flachen Hand gegen die Rückenlehne von Maikes Sitz. »Wie könnt ihr das tun? Er ist doch alles, was ich habe!«

Thomsen presst die Lippen zusammen. Es fällt ihm

von Minute zu Minute schwerer, sein Versprechen zu halten. Aber wenn seine Schwägerin zu randalieren beginnt, wird er es brechen.

Doch ein Blick in den Rückspiegel zeigt ihm, dass Vera sich bloß weinend zusammenkrümmt.

Auch Maike kämpft nun gegen die Tränen an.

»Die Entscheidung ist uns nicht leicht gefallen, Vera. Aber wir denken, es ist das Beste.«

»Das Beste?« Ihre Schwester lacht gellend auf. Es ist ein bitteres, leeres Lachen. »Für wen? Für euch oder für mich?«

»Für Fredi«, brummt Thomsen und wirft seiner Frau ein entschuldigendes Lächeln zu, bevor er sich wieder auf die Straße konzentriert.

13

Sophie stellt den Kragen ihrer Jacke hoch, während sie sich die umliegenden Häuser ansieht.

»Beginnen wir mit den linken Nachbarn«, sagt sie zu Jasper, der neben ihr steht und auf den Füßen wippt. Ohne seine Antwort abzuwarten, geht sie auf den Eingang eines gepflegten Hauses mit ordentlich gestutzten Hecken zu. Sie drückt auf die Klingel und muss nicht lange warten, bis ihr eine ältere Dame die Tür öffnet. Wie viele Frauen im fortgeschrittenen Alter ist sie klein und ein wenig zu mager. Und offenbar friert sie leicht, denn sie trägt eine warme beige Strickjacke und einen langen blauen Wollrock. Ihr Gesicht, das von grau gelocktem Haar umrahmt ist, wirkt besorgt, als sie die Ermittler ansieht.

»Ja?«

»Ich bin Oberkommissarin Meerkatz, das hier ist mein Kollege Hinrichs, wir sind von der Kripo Husum«, beginnt Sophie freundlich.

»Moin. Mein Name ist Brigitte Ehlers. Ich muss Ihnen sagen, ich bin völlig schockiert.«

»Das verstehen wir sehr gut. Wir sind hier, um Sie zu fragen, ob Sie etwas Ungewöhnliches vor dem Brand bemerkt haben?«

Die kleine Frau schüttelt den Kopf und faltet nervös ihre Hände vor ihrer Brust.

»Nein, nein, nichts dergleichen. Ich habe doch geschlafen, als es passiert ist. Mit so etwas rechnet man ja nicht. So etwas habe ich noch nie erlebt . . . da fehlen mir die Worte . . .«

Ihre Stimme klingt leidend und sie wirft einen kummervollen Blick in Richtung des Nachbarhauses, das nun ein Tatort ist. »Die arme Herta und der arme Bert. Das sind wirklich liebe Menschen. Sie ist ja schon über achtzig und ihr Sohn ist eine große Stütze für sie. Er ist Lehrer für Geografie, glaube ich, und er kümmert sich rührend um seine Mutter. Und auch um die Pflanzen. Ich sehe ihn oft im Garten, er hat ein Händchen für alles, was blüht.«

»Sind Sie befreundet?«, will Sophie wissen.

»Nicht befreundet im eigentlichen Sinn, aber fürs Schnacken finden wir immer eine Gelegenheit. Herta backt gerne Kekse und verteilt sie an die Nachbarschaft – solche Dinge eben.«

»Ist Ihnen aufgefallen, dass Herr Schulte oder seine Mutter kürzlich Besuch hatten? Oder auch Streit mit jemandem?«

»Nein. Weder noch. Die beiden leben sehr zurückgezogen und es war dort noch nie laut.«

Jasper macht sich eine kurze Notiz, während Sophie nachhakt. »Ist Ihnen vielleicht an den Tagen zuvor etwas aufgefallen? Fremde Personen, Autos, irgendetwas?«

Frau Ehlers denkt einen Moment lang nach, aber schüttelt dann erneut den Kopf. »Nein, ich habe niemanden gesehen. Es war alles ruhig, wie immer.«

»Vielen Dank«, sagt Sophie ein wenig enttäuscht und überreicht ihre Visitenkarte. »Falls Ihnen doch noch etwas einfällt, rufen Sie mich bitte an.«

Das Nachbarhaus rechts von den Schultes wirkt ein wenig nüchterner. Der Vorgarten ist zwar gemäht, aber Blumen oder anderer Gartenschmuck sind hier nicht zu sehen.

Auf Sophies Läuten hin wird die Tür von einem Mann in den Fünfzigern geöffnet. Er trägt abgenutzte Jeans und ein gelbes Hemd, das über seinem Bauch spannt. Sein Gesicht ist ernst und er stützt sich mit einer Hand am Türrahmen ab.

»Polizei, richtig?«, fragt er mit rauer Stimme. »Kommen Sie wegen dem Feuer?«

Sophie nickt und verzichtet darauf, sich vorzustellen. Sie wirft einen Blick auf ihre Liste. »Sind Sie Dieter Sommer?«

»Höchstpersönlich.«

»Gut, wir wollten wissen, ob Sie etwas Auffälliges bemerkt haben.«

Der Mann schüttelt den Kopf und streicht sich eine fettige Haarsträhne aus dem Gesicht.

»Meine Frau und ich haben nichts gesehen. Wir waren bei Freunden zum Abendessen und sind anschließend schlafen gegangen. Erst als hier die Einsatzwagen aufgefahren sind, sind wir auf das Feuer aufmerksam geworden.« Er zieht die Stirn in Falten und kratzt sich im Nacken. »Ich kann es immer noch nicht glauben, dass so etwas hier passiert ist. Das ist eine ruhige Gegend, wissen Sie.«

»Ja, das haben wir schon gehört. Haben Sie in den Tagen zuvor etwas Ungewöhnliches bemerkt? Fremde

Personen, Autos, irgendetwas?«

»Nee, nichts.«

»Wie ist Ihr Verhältnis zu den Nachbarn?«, wechselt Sophie nun das Thema.

»Wir haben keines. Meine Frau und ich, wir bleiben lieber für uns. Unser Motto lautet, dass jeder sich um seinen eigenen Kram kümmern soll.«

»Alles klar.«

Dieses Mal ist es Jasper, der eine Visitenkarte überreicht. »Wenn Ihnen oder Ihrer Frau später noch etwas einfällt, melden Sie sich bitte bei uns.«

Dieter Sommer nickt und schließt die Tür, während Sophie bereits die gegenüberliegende Straßenseite ansteuert. Das Haus, das sie nun im Blick hat, ist deutlich moderner als die anderen, mit einer großen Fensterfront und einem eleganten Carport.

An der Eingangstür hängt ein Schild, auf dem *Fredriksen* steht. Als Sophie läutet, öffnet ihr eine junge Frau in einem weiten Pullover, der ihr über den Po hängt. Von hinten drängt sich ein Mann an sie, der ganz in Schwarz gekleidet ist.

»Herr und Frau Fredriksen?«, fragt Sophie und die beiden nicken synchron. »Wir sind von der Kripo Husum und ermitteln hier wegen des Brandes. Haben Sie vielleicht etwas bemerkt?«

Das Paar tauscht einen schnellen Blick, bevor der Mann zu sprechen beginnt. »Das habe ich tatsächlich. Ich war in der Nacht vor dem Haus eine rauchen. Das mache ich manchmal, wenn ich nicht schlafen kann. Da ist mir ein Typ aufgefallen, der die Straße entlanggelaufen ist.«

Sophie zieht erfreut die Augenbrauen hoch. »Können Sie ihn beschreiben?«

»Nicht wirklich«, bremst Fredriksen ihre Erwartungen. »Es war dunkel und er war ganz in Schwarz gekleidet. Also, so wie ich eigentlich.« Fredriksen hüstelt nun ein wenig verlegen. »Normal groß, normal schlank – und er ging ziemlich schnell, so, als ob er es eilig hätte.«

»Haben Sie sein Gesicht erkennen können?«

»Nein, es war dunkel. Und der Typ war auch zu weit weg. Er ging auf der anderen Straßenseite in Richtung des Hauses, das später gebrannt hat. Ich dachte mir zu dem Zeitpunkt nichts dabei. Und als es dann brannte, hatte ich diese Gestalt längst wieder vergessen. Aber jetzt, wo Sie fragen . . .«

»Können Sie zumindest mit Sicherheit sagen, dass es ein Mann war?«

Fredriksen zieht ein wenig unschlüssig die Schulter hoch. »Ja und nein, ich meine, es war mit Sicherheit nur eine Person, also nicht zwei oder drei, aber was das Geschlecht betrifft – sorry, da traue ich mich nicht drüber. Das ist bei vielen Leuten im vollen Tageslicht nicht zu erkennen . . .«

»Uwe!«, schimpft seine Frau und stupst ihn in die Seite. »Wenn es um ein so ernstes Thema geht, macht man keine Scherze!«

»Aber ich scherze doch gar nicht«, rechtfertigt er sich und sieht die Ermittler treuherzig an.

Wo er recht hat, hat er recht, denkt Sophie, tauscht einen schnellen Blick mit Jasper und wechselt das Thema.

»Hatten Sie Kontakt zu Bert Schulte und seiner Mutter?«

»Nein. Gar keinen«, erwidert Fredriksen. »Wir haben das Haus erst vor wenigen Wochen gekauft und noch keine Zeit gefunden, unsere Nachbarn besser kennenzulernen. Wir wissen nur, dass dort ein Lehrer mit seiner betagten Mutter wohnt. Mehr nicht.«

»Vielen Dank«, sagt Sophie, während es Jasper wieder übernimmt, eine Visitenkarte mit der üblichen Floskel zu überreichen. »Wenn Ihnen noch etwas einfällt, melden Sie sich bitte bei uns.«

14

Zurück auf der Straße beginnen die elektronischen Möwen aus Sophies Jackentasche zu kreischen.

»Diesen Klingelton wirst du wohl niemals ändern«, seufzt Jasper.

»Nee, wozu auch? Ich liebe ihn. Für mich gehört er genauso zu Husum wie das Meer und der Hafen«, entgegnet sie lachend und nimmt das Gespräch an.

»Meerkatz? Ah . . . mhm . . . okay. Danke, ja, wir kommen. Das war Bert Schulte«, erklärt sie anschließend. »Seine Mutter fühlt sich jetzt in der Lage, mit uns zu sprechen.«

»Prima.« Jasper wirft den Autoschlüssel in die Luft, um ihn wieder aufzufangen. Vermutlich sollte es souverän und weltmännisch wirken, tatsächlich aber fällt das Schlüsselbund zu Boden und schlägt nur wenige Zentimeter neben einem Gully auf.

Sophie zieht eine Grimasse.

»Du solltest die coolen Moves nicht neben einem Kanalgitter üben«, meint sie tadelnd. »Wenn der Schlüssel da hinunterrutscht, bist du es, der hinterherkriecht. Das verspreche ich dir.«

»Schon klar«, mault Jasper kleinlaut und macht, dass

er hinter das Steuer des Dienstwagens kommt.

Die Wolken haben sich wieder zu einer dunklen Decke zusammengezogen und es dauert nicht lange, bis die ersten Tropfen herabfallen. Der Regen wird zunehmend heftiger und hält die Scheibenwischer der Windschutzscheibe auf Trab, bis sie in die Tiefgarage einfahren.

Bert Schulte wartet auf demselben Korridor wie heute Morgen, und er trägt auch noch immer dieselben Klamotten, die mittlerweile nicht nur nach Rauch, sondern auch nach Schweiß riechen.

»Moin, Herr Schulte«, begrüßt Sophie ihn dennoch höflich und streckt ihm auch die Hand entgegen. »Vielen Dank, dass Sie uns sofort angerufen haben.«

Schulte schüttelt ihre Hand und nickt knapp. »Ich habe Ihnen ja versprochen, mich zu melden, wenn meine Mutter sich besser fühlt. Aber sie ist noch schwach. Seien Sie bitte nicht zu forsch mit ihr.«

Sophie lächelt verständnisvoll. »Selbstverständlich. Wir geben uns Mühe, sie nicht zu überfordern.«

»Darf ich mitkommen?«, fragt Schulte und schaut unsicher zwischen den Ermittlern hin und her. »Vielleicht fühlt sie sich wohler, wenn ich dabei bin.«

»Natürlich«, sagt Sophie und öffnet die Tür zum Krankenzimmer. »Ihre Anwesenheit könnte sogar hilfreich sein.«

Der Geruch von Desinfektionsmitteln und Lavendel schlägt ihr entgegen, als sie das kleine und zweckmäßig eingerichtete Zimmer betritt, an dessen Fenster der Regen prasselt. Auf dem Nachttisch steht eine Vase mit frischen Blumen – ein kleiner Farbtupfer in der sonst eintönigen Umgebung.

Eine zierliche Frau mit schlohweißen Haaren liegt im Bett und ihre schmalen Hände ruhen auf der Bettdecke. Ihr Gesicht ist blass und eingefallen, die Augen wirken müde, aber als sie ihren Sohn sieht, hellt sich ihr Gemüt ein wenig auf.

»Mutter«, sagt Bert sanft, setzt sich auf den Besucherstuhl neben ihrem Bett und ergreift ihre Hand. »Die Beamten von der Kripo sind jetzt da.«

Herta Schulte blinzelt Sophie und Jasper zu.

»Ach, die Polizei«, sagt sie mit schwacher Stimme. »Bert hat mir gesagt, dass Sie kommen würden.«

»Richtig«, sagt Sophie, während sie einen Stuhl an die andere Seite des Bettes zieht, um sich auf Augenhöhe der Patientin niederlassen zu können. »Es tut uns sehr leid, was Ihnen zugestoßen ist. Wir bemühen uns, die Verantwortlichen hierfür zu finden.«

»Das ist gut.«

»Dazu möchten wir Ihnen gerne einige Fragen stellen.«

»Nur zu.«

»Gut, dann beginnen wir damit, ob Sie etwas Ungewöhnliches bemerkt haben – vor dem Brand.«

Herta Schulte runzelt die Stirn, schüttelt dann aber den Kopf.

»Nein, meine Liebe«, antwortet sie. »Nichts – ich habe rein gar nichts bemerkt. Alles war wie immer. Ich habe für Bert gekocht und wir haben schon früh zu Abend gegessen. Wissen Sie, ich bin schon einundachtzig, da wird man schneller müde als früher. Nach dem Abendessen verlassen mich schon die Kräfte. Als dieser Lärm über uns hereingebrochen ist, habe ich längst geschlafen. Ich habe mich so erschrocken, ich wusste sofort, dass etwas

Schreckliches passiert ist. Todesangst hatte ich, als ich aus dem Bett sprang. Mein Herz hat so gepocht, so wild, wissen Sie . . . und dann muss ich wohl gestürzt sein.«

»Das war sicher eine sehr schlimme Erfahrung«, meint Jasper einfühlsam.

»Oh ja. Ich weiß nur noch, wie sich mein Herz zusammengekrampft hat und dass mich einer der Feuerwehrmänner hinausgetragen hat . . .«

»Das war ich, Mutter«, unterbricht ihr Sohn. »Ich habe dich hinausgetragen.«

Die alte Frau seufzt tief und schaut einen Moment an die Decke, als würde sie dort nach Worten suchen. Dann lächelt sie ein wenig verlegen und streicht mit ihren zarten faltigen Händen über die blütenweiße Bettdecke. »Ja, natürlich, Bert, mein Lieber. Wo hab ich nur meine Gedanken?«

»Und in der letzten Zeit – vor dem Brand?«, hakt Sophie nach. »Ist Ihnen da vielleicht etwas aufgefallen? Jemand, der vor Ihrem Haus war, den Sie noch nie zuvor gesehen hatten?«

»Nein, mir ist niemand aufgefallen.«

»Haben Sie Streit mit anderen Menschen? Oder eine länger zurückliegende Feindschaft vielleicht?«

»Aber nein, natürlich nicht. Wir kommen mit allen gut aus. Nicht wahr, Bert?«, wendet sie sich an ihren Sohn.

»Natürlich, Mutter«, bestätigt er und lächelt ihr beruhigend zu.

Herta Schulte dreht nun ihren Kopf wieder in Sophies Richtung, um ihr in die Augen zu blicken.

»Ich wohne seit über fünfzig Jahren in diesem Haus, habe meine Söhne dort großgezogen, und wir hatten noch nie Probleme mit irgendwem . . .«

»Sie haben zwei Söhne?«, hakt Sophie nach.

»Ja, zwei. Natürlich. Bert, der bei mir wohnt und sich um mich kümmert, und Carsten. Er ist acht Jahre älter.«

Sie lächelt kurz und macht ein heiseres Geräusch, das ähnlich wie Husten klingt.

»Wohnt er auch hier in Husum?«, fragt Sophie und macht sich eine Notiz.

»Ja, er ist Schulleiter im Schauendahl-Gymnasium. An derselben Schule, an der auch Bert unterrichtet. Ich bin sehr stolz auf meine beiden Söhne, auch wenn Carsten leider nicht so viel Zeit für seine alte Mutter erübrigen kann. Aber dafür habe ich natürlich Verständnis, er hat eine große berufliche Verantwortung – und er ist verheiratet. Dafür sorgt mein jüngerer Sohn umso aufmerksamer für mich«, setzt sie mit einem seligen Lächeln hinzu.

Bert streicht seiner Mutter sanft über die Hand.

»Ich tue, was ich kann«, murmelt er.

»Sie und Ihr Bruder arbeiten an derselben Schule?«, hakt Jasper nach.

»Ja. Carsten als Schulleiter und ich als Lehrer. Ich unterrichte Geografie.«

»Mhm«, macht Sophie und legt den Kopf schief. Das mag vielleicht ein wenig ungewöhnlich sein, ist aber vermutlich für den Fall nicht relevant. Oder doch? Irgendetwas an diesem Mutter-Sohn-Gespann kommt ihr seltsam vor, sie kommt jedoch nicht darauf, was es ist. Vielleicht muss sie die Informationen erst mal sacken lassen.

Sie erhebt sich und reicht der alten Dame die Hand.

»Vielen Dank, Frau Schulte. Das wars fürs Erste.

Ruhen Sie sich aus.«

Bert steht ebenfalls auf und begleitet sie zur Tür.

»Danke, dass Sie so behutsam mit ihr waren«, sagt er, während sie den Flur betreten. »Meine Mutter ist wirklich sehr krank und auch ein wenig durcheinander, wie Sie bemerken konnten.«

»Wir verstehen das«, antwortet Sophie. »Falls Ihnen oder Ihrer Mutter noch etwas einfällt, melden Sie sich bitte bei uns.«

Bert nickt. »Auf jeden Fall. Bitte sagen Sie mir Bescheid, wenn Sie herausfinden, wer uns das angetan hat.«

15

Kommissarin Svenja Tades freut sich, als ihre Kollegen in den Großraum zurückkehren.

»Gut, dass ihr wieder hier seid!«, ruft sie und springt von ihrem Schreibtisch auf. Ihre langen blonden Haare, die sie wie immer in einem hohen Pferdeschwanz trägt, wippen dabei mit. »Wie wars im Krankenhaus?«

»Herta Schulte weiß von nichts«, antwortet Sophie, die nur schnell ihre Jacke an den Garderobenhaken hängt und dann in die Kaffeeküche weitereilt.

»Dann hat es nichts gebracht, sie zu befragen?«, fragt Svenja und folgt ihr wie ein Schatten.

»Ja und nein. Zumindest wissen wir jetzt mehr über die Opfer-Familie. Carsten Schulte, der ältere Sohn, ist Schulleiter des Schauendahl-Gymnasiums.«

»Oh Mann, das ist meine Schule! Ich meine, dort hab ich jahrelang gelitten, gelebt und gelacht . . .«

»Du bist aber heute poetisch drauf«, sagt Sophie mit einem Schmunzeln.

»Tja, offenbar passiert das, wenn man auf die Vergangenheit zurückblickt«, kichert Svenja. »Jetzt weiß ich auch, warum mir der Name Schulte so bekannt vorkam. Zu meiner Zeit gab es zwei Lehrer mit diesem

Namen – offenbar ist Carsten Schulte die Karriereleiter hochgeklettert. Er war ein klasse Deutschlehrer.«

»Und sein Bruder Bert? Wie war der?«

»Weiß nicht, ich hatte ihn nie als Lehrer. Oh Mann, das ist ewig her . . .«

Svenja legt nun ihre Stirn in Falten und blickt nach oben. »Elf Jahre, um genau zu sein. Ich fasse es nicht – ich werde alt!«

Sophie nickt emphatisch. »Du Ärmste, und man sieht es dir auch an. Aber du solltest es zu schätzen wissen – deine ausgeprägten Falten bewirken, dass man dich für kompetenter hält.«

Svenja schiebt gespielt gekränkt die Unterlippe vor. »Oh, du bist ein böses Stück . . .«

»Wenn dich diese Erkenntnis überrascht, musst du dringend an deiner Auffassungsgabe arbeiten«, tadelt Thomsen, der in diesem Moment die Personalküche betritt und nun breit in Sophies Richtung grinst. »Ich wusste das bereits vom ersten Tag an.«

»Dir auch einen guten Morgen«, gibt sie zurück und schenkt sich ihren Pott mit Kaffee voll.

Nachdem sich alle mit Kaffee versorgt und um den Besprechungstisch versammelt haben, eröffnet der Hauptkommissar das Meeting.

»Wusstet ihr, dass Freizeit nervenaufreibender als Arbeit ist? Nicht umsonst steigt die Verbrechens- und Selbstmordrate über Weihnachten und im Urlaub an.«

Sophie und Jasper tauschen einen schnellen Blick, während Svenja ein verständnisvolles Lächeln aufsetzt.

»Stress mit Vera?«, fragt sie ganz direkt.

Thomsen nickt und reibt sich die Schläfen. »Ich schwöre, jede Stunde mit dieser Frau bringt mich dem

Wahnsinn ein Stück näher.«

Svenja, die bereits von Maike über sämtliche Details informiert wurde, schiebt den Teller mit den Friesenkeksen, den sie extra für die Besprechung auf den Tisch gestellt hat, näher zu ihm hinüber.

»Ich bin da voll auf deiner Seite, Chef. So ‘n Hund braucht beständige Fürsorge, nicht nur, wenn man gerade gut drauf ist.«

»Seh ich auch so«, erwidert Jasper und zieht den Keksteller an sich.

»Fein«, kommentiert Sophie, steht auf und stellt sich ans Whiteboard, wo ein Foto des brennenden Hauses prangt. »Nachdem das geklärt ist, können wir uns dem gestrigen Anschlag zuwenden – zusammengefasst lässt sich nämlich sagen, wir sind noch keinen Schritt weiter.«

Thomsen schiebt sich einen Friesenkeks in den Mund.

»Und was hast du vor, dagegen zu unternehmen?«, fragt er kauend.

»Ich denke, wir sollten mehr über die Opfer-Familie erfahren. Es gibt noch einen zweiten Sohn – Carsten Schulte – und der ist Schulleiter am Schauendahl-Gymnasium. Vielleicht kann er uns mehr erzählen. Ich möchte gleich morgen früh zur Schule fahren und mit ihm sprechen.«

»Und ich möchte mit«, ergänzt Svenja und ihre Augen leuchten vor Aufregung. »Ich war dort selbst mal Schülerin. Mit Sicherheit können sich einige Lehrer noch an mich erinnern.«

»Gute Idee«, brummt Thomsen und greift nach einem weiteren Keks. »Das könnte uns einen Vorteil verschaffen.«

16

Es ist bereits nach acht, als es an der Tür läutet. Sophie, die an einem Glas Rotwein nippt, schaut zu Finn hinüber, der auf dem Sofa neben ihr sitzt und den Fernseher anstellt.

»Das muss Taako sein«, sagt sie, während sie sich aufrafft und zur Tür begibt.

Wie erwartet, steht ihr Ex-Freund davor. Groß und sportlich ragt er vor ihr auf, eine dunkle Jacke über einem schlichten schwarzen T-Shirt tragend. Er ist immer noch einer der attraktivsten Männer, die sie kennt, auch wenn seine Augen – so wie heute – müde wirken.

»Schön, dich zu sehen«, sagt sie, und Taako erwidert ihr herzliches Lächeln, als er sie zur Begrüßung auf die Wange küsst.

»Seid ihr auf der Suche nach dem Brandstifter weitergekommen?«, fragt er neugierig, während er ihrer freundlichen Aufforderung nachkommt und das Haus betritt.

»Nein. Noch nicht. Die Aussage eines Nachbarn, dass er eine normal große, normal dicke, schwarz gekleidete Gestalt gesehen hat, engt unseren Täterkreis nicht wirklich ein – und familiär hat sich auch noch kein Ansatzpunkt ergeben.«

Taako zieht die Augenbrauen zusammen.

»Ich hoffe nur, dass das nicht wieder der Auftakt zu einer Serie ist«, sagt er besorgt, verstummt jedoch, als Finn auf ihn zukommt und ihm freundschaftlich auf die Schulter klopft.

»Bereit fürs Match?«

»Klar.«

Taako lächelt souverän, doch Sophie kennt ihn gut genug, um zu wissen, dass das Gegenteil der Fall ist. Sie beobachtet ihn aufmerksam, wie er sich auf das Sofa fallen lässt und sich durch das kurze Haar fährt. Es ist offensichtlich, dass ihm etwas auf der Seele liegt.

»Ich würde gern noch etwas loswerden«, sagt er prompt.

»Moment.« Finn holt zwei Flaschen Bier aus dem Kühlschrank, öffnet sie und reicht seinem Freund eine davon, bevor er sich neben ihm auf die Couch setzt.

»Schieß los.«

Doch Taako wartet, bis Sophie sich ebenfalls zu ihnen setzt.

»Geht es um Nils?«, fragt sie.

Er zögert einen Moment, bis er nickt. »Ja, diesmal wirklich . . .« Er lächelt ein wenig verlegen. »Es wird immer schwieriger mit Cora . . .« Er seufzt und schüttelt den Kopf. »Sie kommt einfach nicht klar. Sie hat versprochen, dass sie sich helfen lässt, aber ich befürchte, es ist alles bloß Schall und Rauch.«

Er blickt nun auf seine Hände, die er nervös ineinander verschränkt. »Das Schlimmste ist, dass der Kleine mit seinen sechs Jahren bereits alles mitbekommt. Die Stimmungsschwankungen, die leeren

Versprechungen, ich weiß einfach nicht mehr, was ich ihm sagen soll.«

Sophie nickt. Nachdem Nils seine Sonntage seit ihrer Trennung von Taako immer bei ihr und Finn verbringt, ist ihr die Situation vertraut.

»Hast du mit Cora darüber gesprochen, dass es so nicht weitergehen kann?«

Er nickt langsam. »Ja, klar, mehrmals. Aber immer dann, wenn ich denke, jetzt läuft es wieder, kommt der nächste Aussetzer. Seit zwei Wochen geht es wieder bergab. Immer dieselben Versprechungen, dieselben Ausreden. Ich will Nils diese ganze Misere ersparen, aber sie ist seine Mutter. Was soll ich tun?« Er fährt sich frustriert mit der Hand über die Stirn.

»Soll ich mal mit ihr reden?«, fragt Sophie.

Taako lehnt sich zurück, den Kopf gegen die Sofalehne gelehnt, und schließt für einen Moment die Augen. »Ich weiß nicht. Vielleicht. Würdest du?«

»Ja. Ich kann die Polizistin rauskehren – vielleicht bringe ich sie dazu, nochmal 'nen richtigen Entzug zu machen.«

»Hmm . . . ja . . . vielleicht hilft es«, sagt Taako, der sichtlich um seine Fassung ringt.

Als Finn merkt, dass die Stimmung zu drückend wird, räuspert sich und legt seinem Freund den Arm um die Schulter.

»Aber jetzt gönnen wir uns 'nen schönen Abend, okay? Lass uns das Match anschauen, ja?«

»Klar.« Taako greift nach seiner Bierflasche und setzt sie an die Lippen, als die Türklingel erneut losgeht.

Finn blickt überrascht zu Sophie hinüber.

»Erwartest du jemanden?«

»Nö«, sagt Sophie, geht zur Tür und blickt durch

den Spion. Jaspers Augen in Fischaugenoptik glotzen sie an.

Lachend öffnet sie die Tür.

»Ach, du bist's, dich hatte ich völlig vergessen.«

Ihr Kollege zieht den Kopf ein und wirft ihr einen gekränkten Blick zu.

»Nun komm schon rein«, sagt sie und schiebt ihn ins Haus. »Das Match fängt gleich an.«

Wahrheit ist nichts, was man unbedingt
sehen oder hören muss, man kann sie auch fühlen

SAMSTAG

17

Die Backsteinfassade des Schauendahl-Gymnasiums mit den hohen Fenstern strahlt den typischen Charme eines traditionellen Schulgebäudes aus. Sein Anblick weckt bei Svenja unzählige Erinnerungen und ihre Augen beginnen zu leuchten. Viel hätte nicht gefehlt und sie hätte zu hüpfen begonnen, als sie den parkähnlichen Garten durch das gepflegte schmiedeeiserne Tor betreten.

Im Sekretariat werden sie freundlich empfangen und in das Büro des Schulleiters geführt. Dr. Carsten Schulte, dessen grau meliertes Haar sorgfältig gescheitelt ist, erweckt den Eindruck, als ob er schon auf sie gewartet hätte. Er trägt einen perfekt sitzenden grauen Anzug und sein Blick durch die randlose Brille wirkt wachsam und kontrolliert. Doch die Müdigkeit in seinen Augen spricht Bände.

»Moin, Herr Schulte«, sagt Sophie und stellt sich und ihre Kollegin vor. Sie streckt ihre Hand aus, und der Schulleiter ergreift sie mit einem festen Händedruck.

»Bitte setzen Sie sich.«

Während die Ermittlerinnen auf den Besucherstühlen Platz nehmen, bleibt Schulte noch einen

Moment lang stehen, die Hände ineinander verschränkt.

»Ich nehme an, Sie wollen über den Brandanschlag sprechen?«

Sophie nickt. »Ja, das stimmt. Zunächst einmal tut es uns leid, was Ihrer Familie widerfahren ist. Wie geht es Ihrem Bruder und Ihrer Mutter?«

Schulte lässt sich schwer auf seinen gut gepolsterten Drehstuhl fallen. »Bert ist schwer mitgenommen. Er hat mich mitten in der Nacht angerufen. Ich konnte es erst gar nicht glauben. Meine Frau und ich, wir haben ihn sofort bei uns aufgenommen. Der Arme steht völlig unter Schock. Meine Mutter ist noch schlimmer dran. Ihr Herz . . . sie ist bereits einundachtzig und kann daher mit solchen Belastungen nur schwer umgehen. So ein Brandanschlag im eigenen Heim – ich meine, das ist doch der pure Horror.«

»Das sehe ich auch so«, sagt Sophie einfühlsam. »Ich verspreche Ihnen, dass wir alles tun werden, um den Täter schnellstmöglich zu fassen. Haben Sie eine Ahnung, wer hinter diesem Anschlag stecken könnte? Hat Ihr Bruder oder Ihre Mutter Feinde, oder gibt es Probleme in der Nachbarschaft oder hier an der Schule?«

Schulte schüttelt den Kopf und verschränkt die Finger ineinander. »Nein, nein, bestimmt nicht. Bert ist ein guter Lehrer, ein zurückhaltender, fürsorglicher Mensch, der sehr harmoniebedürftig ist. Ich wüsste nicht, warum jemand ihm so etwas antun sollte.«

»Gab es vielleicht in letzter Zeit etwas, das Ihnen verdächtig vorkam? Irgendetwas, das nicht ins Bild passte?«

Schulte schüttelt den Kopf, zögert dann jedoch, als

ob ihm plötzlich doch etwas eingefallen wäre. Er lehnt sich vor und reibt sich nachdenklich das Kinn.

»Ja?«, hakt Sophie nach.

»Hmm . . . es gab da tatsächlich etwas Merkwürdiges. Es geht dabei um eine Schülerin. Nele Nielsen.«

Sophie legt interessiert den Kopf schief. »Was ist mit ihr?«

Der Schulleiter seufzt tief. Die Sache scheint ihm unangenehm zu sein.

»Es gab am Mittwoch einen Vorfall im Schulhof, offenbar geriet sie in eine Auseinandersetzung mit Schulkolleginnen«, sagt er schließlich. »Aber das hat rein gar nichts mit dem Brand zu tun. Ich erwähne es nur, weil im Zuge dessen eine Art Voodoo-Puppe bei Nele entdeckt wurde. Dieser Vorfall wurde von einer Lehrerin beobachtet, die daraufhin diese Puppe sichergestellt hat.«

»Ich verstehe nicht«, meint Sophie stirnrunzelnd, »worum genau geht es hier? Ich meine, wie hängt dieser Vorfall mit Ihrer Familie zusammen?«

»Ja, ähem . . . auf dieser Voodoo-Puppe war ein Foto von Bert aufgeklebt.«

»Nee, oder?«, entfährt es Svenja und sie muss sich beherrschen, um nicht durch die Zähne zu pfeifen.

»Haben Sie diese Puppe noch?«, hakt Sophie sofort nach.

»Selbstverständlich.« Carsten Schulte öffnet eine Schreibtischlade, zieht eine ungefähr zwanzig Zentimeter große, ziemlich unansehnliche Puppe aus braunem Stoff heraus und legt sie auf den Schreibtisch.

Sophie greift danach und betrachtet das aufgeklebte Foto, auf dem zweifelsfrei das Gesicht von Bert Schulte erkennbar ist.

»Die Augen wurden durchstochen«, sagt sie überrascht und wirft ihrer Kollegin einen alarmierten Blick zu. »Herr Schulte, ich muss Sie bitten, uns diese Puppe als Beweisstück zu überlassen.«

Schulte nickt als Zeichen seiner Zustimmung.

»Oh, Mann. Da hat jemand Ihren Bruder aber richtig gehasst«, bringt Svenja es auf den Punkt.

Der Schulleiter fühlt sich nun sichtlich unwohl und beginnt, die Sache zu relativieren.

»Sie dürfen das nicht überbewerten. Nele ist erst fünfzehn. Jugendliche machen nun mal Quatsch.«

Sophie tippt mit dem Stift auf ihr Notizbuch, während sie ihn mit ihren Augen fixiert.

»Haben Sie mit dem Mädchen gesprochen?«

»Ja, natürlich. Zuerst mit ihr allein, und dann auch mit ihren Eltern.«

»Was sagte sie?«

»Nichts, leider. Sie wollte uns hierfür keine Erklärung geben. Ich verstehe das selbst nicht. Ich habe auch mit Neles Vertrauenslehrerin gesprochen. Sie sagte, Nele hätte sich in den letzten Monaten verändert. Sie wurde verschlossener, zog sich in sich selbst zurück und wurde immer mehr zur Einzelgängerin.«

Sophie blickt von ihren Notizen auf.

»Ich würde jetzt gern selbst mit ihr sprechen. Können Sie das Mädchen herbringen?«

Schulte seufzt und reibt sich die Stirn.

»Sie ist heute nicht zum Unterricht erschienen. Ich habe die Eltern angerufen, aber die gehen nicht ans Telefon.«

Sophie wirft Svenja einen vielsagenden Blick zu.

»Wir gehen der Sache nach«, erklärt sie und erhebt

sich. »Wir werden der Familie Nielsen sofort einen Besuch abstatten.«

»Falls Nele in der Zwischenzeit auftaucht, melden Sie sich bitte bei uns«, fügt Svenja hinzu, bevor sie den Raum verlassen.

Kaum hat Sophie die Tür hinter sich zugezogen, dreht sie sich zu ihrer Kollegin um. »Die Sache mit der Puppe ist kein Zufall.«

Svenja nickt so heftig, dass ihr blonder Pferdeschwanz hin und her schwingt.

»Das denke ich auch.«

18

Als die beiden Ermittlerinnen den Großraum der Kripo betreten, empfängt sie ein Geruch, der ihnen das Wasser im Mund zusammenlaufen lässt. Thomsen und Jasper sitzen am Besprechungstisch zusammen und mampfen frische Fischbrötchen.

»Guckt mal, was ich vom Hafen geholt habe!«, erklärt Jasper überflüssigerweise. Seine Augen leuchten, wie immer, wenn es Fischbrötchen zu Mittag gibt und seine Ohren sind noch vom kalten Wind gerötet.

Svenja freut sich und streicht ihren hohen blonden Pferdeschwanz zurück. »Das nenn ich Timing. Ich hab nämlich einen Bärenhunger.«

Sophie sieht sich suchend um. »Hast du auch Krabbenbrötchen mitgebracht?«

Jasper nickt kauend und schiebt ihr eine Tüte zu. »Mit extra viel Remu.«

»Somit stehst du als Held des Tages fest«, bedankt sie sich mit einem Schmunzeln und lässt sich neben ihm nieder.

»Wie wars in der Schule?«, will Thomsen wissen und bringt Svenja damit zum Kichern. »Das ist wie früher bei bei uns zu Hause, da hab ich diesen Satz jeden Tag gehört.«

Sie zieht die hässliche Stoffpuppe aus ihrer Tasche und legt sie auf den Tisch.

»Was ist das?« Thomsen beäugt sie neugierig. »Hast du die in deinem alten Spind gefunden? Oder hat sie dir dein Lieblingslehrer all die Jahre aufgehoben?«, macht er sich lustig.

»Weder noch«, gibt sie zurück und dreht das Beweisstück so, dass ihr Chef das aufgeklebte Foto sehen kann.

»Dieses Ding wurde bei einer Schülerin namens Nele Nielsen gefunden«, erklärt Sophie. »Ganz offensichtlich hatte sie eine Art Voodoo-Puppe für ihren Geografielehrer gebastelt. Und die Augen mit Nadeln durchstochen.«

»Eine Voodoo-Puppe mit dem Bild von Bert Schulte?«, wiederholt Jasper überrascht. »Mega – ich meine, das ist doch kein Zufall.«

»Voodoo . . .«, wiederholt Thomsen nachdenklich, wobei er das Wort in die Länge zieht. »Ist ja nicht gerade gebräuchlich bei uns. Aber soweit ich weiß, sollen diese Puppen einen Einfluss auf die Person haben, die sie darstellen. Wenn jemand Bert Schultes Bild aufgeklebt und ihm Nadeln in die Augen gestochen hat, dann wollte derjenige ihm etwas antun – symbolisch.«

Svenja nickt ihrem Chef kauend zu. »Genau das Gleiche dachte ich auch. Offenbar hasst diese Nele ihren Geografielehrer. Ich werde mal checken, ob es in unserer Region eine sektenähnliche Gruppierung gibt, der sie sich vielleicht angeschlossen hat.«

»Es wäre gut möglich, dass sie sich in etwas

Verrücktes hineingesteigert hat. In diesem Alter sind Kinder sehr leicht zu beeinflussen«, meint Jasper und wischt sich die Hände an einer Serviette ab. »Aber warum ausgerechnet Bert Schulte?«

Sophie legt ihr Krabbenbrötchen zur Seite, bevor sie spricht. »Wenn ein Mädchen in so eine Richtung abdriftet, geht es oft um mehr, als an der Oberfläche sichtbar ist. Aber die eigentliche Frage ist doch: Warum hat uns Bert Schulte nichts davon erzählt, als wir mit ihm gesprochen haben? Diese Sache kann er doch unmöglich vergessen haben.«

Einige Minuten lang herrscht Schweigen im Büro, nur unterbrochen von gleichmäßigen Kau- und Schmatzgeräuschen und dem Rascheln des Papiers.

»Ganz offensichtlich hat dieser Lehrer uns nicht alles erzählt«, brummt Thomsen schließlich. »Meerkatz, schlag doch mal deine bösen Klauen in sein Fleisch und sieh zu, was du aus ihm herausbekommst.«

Sophie zieht eine Grimasse.

»Witzig. Aber ja, ich werde dem nachgehen. Und dann ist da noch die Frage, warum Nele heute nicht in der Schule war«, ergänzt sie, und ihr Tonfall wird merklich ernster. »Irgendetwas stimmt da nicht. In jedem Fall ist das Fehlen des Mädchens in der Schule ein Alarmzeichen. Deshalb möchte ich zuerst zur Familie Nielsen fahren.«

»Da bin ich auch für«, erklärt Jasper und wirft das zerknüllte Papier seines Brötchens in hohem Bogen Richtung Mülleimer, wobei er jenen um Haaresbreite verfehlt.

»Ihr müsst nicht so hämisch grinsen«, mault er in Richtung seiner Kollegen, während er sich aufmacht, die Papierkugel wieder aufzusammeln.

19

Jasper steuert den Dienstwagen durch eine ruhige Wohnstraße und parkt schließlich vor einem schmucken zweistöckigen Reetdachhaus mit einem gepflegten Vorgarten und einer sauber gefegten Auffahrt. Hinter den Fenstern sind die Gardinen zugezogen.

»Das muss es sein«, sagt Sophie und zupft ihre widerspenstigen Locken zurecht, bevor sie aus dem Wagen steigt und auf die Haustür zusteuert.

Jasper folgt ihr, seine Hände in den Taschen vergraben.

»Sieht aus wie das Haus einer ganz normalen Familie«, murmelt er, während er sich umsieht.

»Was wissen wir über die Nielsens?«, fragt Sophie.

»Die Eltern sind verheiratet und haben zwei Kinder. Neles älterer Bruder Jonas ist achtzehn und im letzten Schuljahr. Der Vater, Heiko Nielsen, arbeitet als Elektrotechniker in einem großen Unternehmen, die Mutter ist derzeit arbeitssuchend gemeldet. In der Familie gibt es keine Vorstrafen.«

»Okay«, sagt Sophie und drückt die Klingel.

Die Frau, die ihnen öffnet, mustert sie mit

ängstlichen Augen. Die dunklen Ringe rundherum verraten, dass sie in letzter Zeit wenig geschlafen hat. Sie trägt Jeans und eine einfache Bluse, und ihr schulterlanges braunes Haar sieht ein wenig zerzaust aus.

»Frau Edith Nielsen?«, fragt Sophie und wartet, bis die Frau nickt, bevor sie weiterspricht. »Ich bin Oberkommissarin Meerkatz, das ist mein Kollege Jasper Hinrichs. Wir sind von der Kripo Husum und möchten mit Ihnen über Ihre Tochter Nele sprechen.«

»Kripo? Warum denn Kripo?« Sofort macht sich Irritation auf dem Gesicht der Frau breit – dennoch zieht sie die Tür weiter auf, um die Ermittler hereinzulassen.

»Heiko, die Polizei ist hier«, ruft sie und geht durch einen hellen Flur voran bis ins Wohnzimmer, das gemütlich eingerichtet ist. Die Wände sind in hellen Pastellfarben gestrichen, und auf einem großen Sofa liegen Kissen verteilt. Doch die saubere, ordentliche Umgebung steht im Gegensatz zu der Anspannung, die in der Luft liegt.

»Sie wollen mit Nele sprechen«, ergänzt Edith Nielsen, verstummt dann jedoch mitten im Satz, als ihr Mann ihr mit besorgtem Gesichtsausdruck entgegenkommt. Er wirkt nervös, sein Blick geht unruhig zwischen den Ermittlern und seiner Frau hin und her.

»Ich habe mir heute den zweiten Tag von der Arbeit freinehmen müssen«, sagt er gleich zur Begrüßung. »Wir wissen nicht, wo Nele ist – aber bitte, nehmen Sie Platz.«

Sophie setzt sich in den Polstersessel gegenüber der Couch, während Jasper neben ihr stehen bleibt.

»Wir verstehen, dass Sie sich Sorgen machen«, erklärt sie freundlich, »und wir werden Ihnen helfen, sie wiederzufinden.«

Heiko Nielsen verschränkt die Arme.

»Warum sucht die Kripo nach meiner Tochter?«, fragt er misstrauisch. »Hat der Schulleiter Ihnen von der Voodoo-Puppe erzählt?«

»Ja«, bestätigt Jasper.

»Aber das ist doch kein Verbrechen«, wirft die Mutter ein, und man sieht ihr an, dass sie bereits den Tränen nahe ist.

»Natürlich nicht«, sagt Sophie. »Aber auf Bert Schulte, Neles Geografielehrer, wurde letzte Nacht ein Brandanschlag verübt.«

»Ach du meine Güte.« Edith Nielsen greift sich an die Brust und lässt sich auf die Couch sinken.

Ihr Mann setzt sich neben sie.

»Das war nicht meine Nele«, sagt er sofort.

»Das haben wir auch nicht behauptet«, stellt Jasper klar.

»Aber Nele kann Bert Schulte nicht leiden, so viel ist sicher. Wir würden gern den Grund dafür erfahren. Deshalb müssen wir dringend mit Nele sprechen«, erklärt Sophie ruhig. »Wann haben Sie Ihre Tochter das letzte Mal gesehen?«

Neles Vater nickt nun ein wenig besänftigt.

»Gestern Abend«, erwidert er. »Sie können sich wohl vorstellen, dass wir Fragen hatten. Wir wollten mit ihr nach der Schule noch über diese Puppe sprechen, aber das ist nicht so gut gelaufen . . .«

»Was meinen Sie damit konkret?«, hakt Sophie nach.

»Nun ja, sie war verstockt, verschlossen wie ‘ne Auster, aber bei so ‘ner Sache, da muss man doch nachfragen . . . ja, und irgendwann ist sie dann weggelaufen.«

Die Tränen, die sich die ganze Zeit über in Ediths Augen aufgestaut haben, laufen jetzt über und sie betupft sie mit einem Taschentuch. »Es ist nicht das erste Mal, dass sie sich komisch verhält. Sie ist schon seit Wochen verändert. Früher war Nele fröhlich und lebenslustig, aber in letzter Zeit ist sie so . . . ach, ich weiß auch nicht . . . oft wirkt sie, als ob sie gar nicht da wäre – aber dass sie wegläuft, ist neu. Das hat sie noch nie gemacht. Wir haben bei all ihren Freundinnen angerufen, aber bislang vergebens.«

»Wissen Sie, woran es lag, dass Nele sich veränderte?«

Heiko Nielsen schüttelt den Kopf, seine Hände fest ineinander verschränkt. »Nein. Wir versuchten mehrmals, mit ihr darüber zu reden, aber sie blockte immer ab.«

»Auch Jonas, ihr Bruder, kam nicht mehr an sie ran«, ergänzt Neles Mutter. »Es war, als hätte sie eine unsichtbare Wand um sich herum aufgezogen.«

»Wo ist Jonas jetzt?«, hakt Jasper nach.

»Er hat Fußballtraining im Verein. Das ist jeden Samstag bis 21 Uhr.«

»Was wissen Sie über Bert Schulte?«, legt Sophie nun den Finger in die Wunde. »Hatte Nele mit ihm Probleme?«

Edith Nielsen schüttelt langsam den Kopf und wischt sich erneut eine Träne weg. »Nichts, was uns aufgefallen wäre. Sie hat nie über ihn gesprochen.«

Sophie atmet vor der nächsten Frage tief durch.

»Können Sie sich vorstellen, dass er ihr etwas angetan hat? Dass er ihr vielleicht zu nahe getreten ist?«

Neles Mutter beginnt auf der Stelle zu schluchzen. »Warum glauben Sie das?«

»Ich glaube gar nichts«, stellt Sophie klar. »Aber wenn Ihre Tochter eine Puppe bastelt, die offenbar Bert Schulte darstellen soll, und dieser Puppe dann Nadeln in die Augen sticht, drängt sich der Verdacht auf, dass er ihr vielleicht etwas angetan hat.«

Edith Nielsen vergräbt nun ihr Gesicht in ihren Händen, während ihr Mann seine Hände zu Fäusten ballt. »Ich habe ihr diese Frage gestern ebenfalls gestellt. Sie sagte, er hat ihr nichts getan, sie könne ihn bloß nicht leiden. Ich hoffe, das stimmt, denn etwas anderes will ich mir gar nicht vorstellen.«

»Verständlich«, sagt Jasper, bemüht, die Situation zu beruhigen. »Geben Sie mir bitte die Kontaktdaten von Neles Freunden. Wir werden versuchen, Ihre Tochter schnellstmöglich aufzuspüren.«

Während Heiko Nielsen nun einige Namen und Telefonnummern notiert, blickt sich Sophie im Raum um. Über dem Sofa hängt ein großes, gerahmtes Familienfoto – Nele und ihr Bruder Jonas, vielleicht drei und sechs Jahre alt, zwischen ihren Eltern, strahlend und voller Freude.

Die Fenster werden von bodenlangen Vorhängen in einem zarten Beige flankiert, auf der Fensterbank stehen einige Zimmerpflanzen in hübschen Töpfen. Eine kleine Stehlampe in der Ecke neben dem Sofa und ein weicher, beigefarbener Teppich, der unter dem Couchtisch liegt, lassen den Raum noch gemütlicher wirken. Gegenüber der Couch steht ein Bücherregal, gefüllt mit Familienalben, Romanen und einigen Dekorationsgegenständen, daneben ein schlankes Sideboard, auf dem ein Flachbildfernseher thront.

Obwohl alles sauber und ordentlich ist, beschleicht sie plötzlich das Gefühl, dass etwas nicht stimmt. Vielleicht liegt es auch bloß an dem Essiggeruch, der ihr in die Nase sticht. Zu viel Sauberkeit stört das Wohlbefinden, denkt sie gerade, als Jasper die Liste mit den Namen entgegennimmt und seine Visitenkarte überreicht.

»Kann es sein, dass Nele sich einer Sekte angeschlossen hat?«, stellt sie ihre letzte Frage. »Oder einer sektenähnlichen Gruppierung?«

Beide Elternteile schütteln sofort den Kopf.

»Nein, das ist ausgeschlossen«, versichert die Mutter. »Das wäre uns doch aufgefallen.«

»Tja, dann wollen wir mal wieder los«, sagt Sophie und erhebt sich aus dem gemütlichen Polstersessel.

»Falls Ihnen noch etwas einfällt, rufen Sie uns bitte an«, sagt Jasper zum Abschied. »Und natürlich auch, wenn Nele wieder auftaucht.«

Edith Nielsen begleitet die Ermittler zur Tür.

»Bitte finden Sie mein kleines Mädchen«, schluchzt sie, als sie die Haustür öffnet.

20

»Was habt ihr rausbekommen?«, fragt Thomsen, als Sophie und Jasper in den Großraum zurückkehren. Er sitzt entspannt mit einer Pobacke auf Svenjas Schreibtisch, sein Hemd ist, wie immer, am Kragen geöffnet. Ein frisch gefüllter Kaffeepott steht dampfend vor ihm.

»Nele Nielsen ist weggelaufen«, sagt Sophie knapp, während ihr Blick wie magisch von dem dampfenden Kaffee angezogen wird. Doch nachdem es bereits Nachmittag ist, wird sie diesem Impuls nicht nachgeben, um heute Nacht gut schlafen zu können. »Sie war nicht in der Schule, und ihre Eltern sind sehr besorgt. Sie haben keine Ahnung, wo sie sein könnte. Und was diese Puppe angeht, wissen sie ebenfalls nichts. Nele hat sich geweigert, den Grund zu nennen, warum sie eine Voodoo-Puppe mit sich rumtrug.«

»Ich habe die letzten beiden Stunden im Internet über Voodoo recherchiert«, berichtet Svenja. »Es gibt in Nordfriesland keine bekannten Sekten, die damit in Zusammenhang gebracht werden. Ich habe auch keine lokalen Gruppen entdeckt, die sich auf spirituelle Macht oder Kontrolle über andere konzentrieren. Es ist jedoch möglich, dass Nele über TikTok oder Instagram an eine Community geraten ist, die solche Rituale praktiziert.«

Jasper blickt interessiert zu ihr hinüber. »Du meinst, sie könnte sich so ein Voodoo-Ritual von TikTok abgeguckt haben?«

Svenja nickt. »Ganz genau, oder von Facebook oder Instagram, oder was es sonst noch an sozialen Medien gibt. Es wäre nicht das erste Mal, dass Jugendliche von solchen virtuellen Gruppen beeinflusst werden. Sie bieten oft eine Art von Gemeinschaft oder Zusammenhalt, die junge Menschen fasziniert. Und wenn Nele Probleme in der Schule oder mit ihrer Familie hatte, könnte sie anfällig dafür gewesen sein.«

»Wie soll ich mir das vorstellen – dieses Social Media-Voodoo?«, fragt Thomsen. »Hast du mal ‘n Beispiel?«

»Klar.« Svenja wischt über ihr Display und öffnet Instagram. »Wenn du *voodoo* eingibst, kommt hier alles Mögliche. Guck mal hier: *Avalonia666* – sie stellt all ihre mystischen Rituale online. So wie sie gibt es Dutzende. Die meisten haben jedoch nur so um die zweihundert Follower.«

»Mhm«, macht Jasper und greift neugierig nach Svenjas Handy. »Darf ich mich hier mal durchklicken?«

»Hast du kein eigenes Handy?«

»Ich hab kein Insta.«

»Na schön.« Svenja zieht zwar einen Schmollmund, händigt ihm jedoch ihr Smartphone aus. »Noch jemand ‘n Käffchen?«

»Gerne.« Thomsen streckt ihr seine leere Tasse entgegen, während er Jasper beim Scrollen zusieht.

»Es gibt viele solche Videos«, stellt jener fest und

klickt auf eines mit dem Titel *Karma, du Bitch*, in dem eine Frau mit langen blonden Spirallocken im Schein eines flackernden Kerzenkreises auf eine kleine Stoffpuppe einsticht.

»Das ist schräg«, murmelt Jasper, während er bereits das nächste anklickt.

Thomsen, der mit zunehmendem Interesse auf das Display schielt, nimmt nun dem Jüngeren das Gerät aus der Hand, um besser sehen zu können.

Ein Mädchen mit langen blonden Haaren sitzt im Schneidersitz in einem Kreis aus Kerzen. In einer Hand hält sie eine Voodoo-Puppe, in der anderen eine Nadel. Mit finsterer Entschlossenheit sticht sie auf den Kopf der Puppe ein. Immer und immer wieder. Ihr Gesicht ist ernst, fast starr vor Konzentration, und ihre Stimme klingt bedrohlich.

»Deine Seele soll brennen«, murmelt sie in einer Art Singsang. »Du wirst leiden, so wie ich gelitten habe. Du sollst Buße tun oder nie wieder Frieden finden.«

Die Kerzen werfen lange Schatten an die Wände, und im Hintergrund ist nichts zu erkennen, außer dem diffusen Licht, das die Szenerie in eine gespenstische Atmosphäre taucht.

»Das ist voll krass«, brummt auch Thomsen.

Sophie beugt sich nun ebenfalls über das Handy.

»Das ist Nele«, sagt sie fassungslos.

Ihr Chef dreht sich verwirrt zu ihr um.

»Was sagst du da?«

»Das ist Nele. Ich bin mir ganz sicher«, wiederholt Sophie und deutet auf das Foto an der Pinnwand. »Guck doch selbst.«

»Heiliger Johannes«, ruft Thomsen nun aus. »Dann ist das die Puppe mit Bert Schultes Gesicht, die sie mit

Nadeln pikst. Wo hat sie das aufgenommen?«

»Das müssen wir sie fragen«, erwidert Jasper. »Der Raum ist zu dunkel. Ich kann hier keinen Hintergrund erkennen.«

»Halleluja«, sagt Thomsen. »Na, dann mal los. Das Mädchen zu finden hat Priorität.«

Svenja kehrt aus der Küche mit einer vollen Tasse Kaffee für ihren Chef zurück und stellt überrascht fest, dass jener nun ihr Smartphone in Händen hält.

»Wir haben soeben etwas herausgefunden«, sagt Jasper mit vor Aufregung leuchtenden Wangen.

»Ach ja? Was denn?«

Thomsen, der immer noch aufs Display starrt, bekommt eine eingehende WhatsApp-Nachricht zu lesen.

»Dein Freund Kai würde sich freuen, wenn du heute wieder ohne Höschen für ihn kochst«, sagt er, während sich ein Grinsen über sein gesamtes Gesicht ausbreitet.

Schlagartig färbt sich Svenjas Kopf dunkelrot und sie entreißt ihrem Chef das Handy.

»Das ist privat«, faucht sie peinlich berührt.

»Richtig«, brummt er und gluckst vor sich hin. »Was gibts denn Leckeres?«

Sophie blickt eine Weile zwischen Svenjas knallrotem und Jaspers verständnislosem Gesicht hin und her, doch als Thomsen zu wiehern beginnt, ist es mit ihrer Beherrschung vorbei. Über die Qualität seiner Witze lässt sich streiten, aber sein Lachen ist ansteckend.

21

Nach einer kurzen Unterbrechung versammelt der Hauptkommissar sein Team wieder um den Besprechungstisch.

»Ich verlange eine Entschuldigung«, erklärt Svenja mit vorgeschobener Unterlippe, bevor sie sich hinsetzt.

Thomsen nickt. Das Lachen, das ihm immer noch im Hals steckt, schluckt er hinunter.

»Dazu hast du jedes Recht. Ich entschuldige mich.«

»Ich auch«, sagt Sophie. »Fürs Lachen, meine ich.«

Svenjas Blick trifft nun Jasper.

»Ich habe nichts getan«, wehrt sich ihr Kollege.

Svenja fixiert ihn mit zu Schlitzen verengten Augen.

»Äh . . . ja . . . ich entschuldige mich auch. Ich werde in Zukunft alle Apps, die ich brauche, selbst auf meinem Handy installieren.«

»Gut.« Immer noch angesäuert nimmt sie ihren Platz wieder ein.

»Kommen wir jetzt zu dem Thema, das mich beschäftigt«, sagt Thomsen. »Warum hat Bert Schulte uns nichts von dieser Sache erzählt?«

Sophie nickt ihm zu. »Diese Frage habe ich mir auch schon gestellt. Heute suchen wir mit Hochdruck nach

Nele, aber gleich morgen früh möchte ich noch mal mit ihm sprechen. Irgendetwas stimmt da nicht. Aus welchem Grund hält er Informationen zurück, die uns weiterhelfen könnten.«

Thomsen zeigt ihr den Daumen nach oben.

»Mach das, Meerkatz. Und du, Jasper, kümmerst dich um die schwarz gekleidete Gestalt, die vom Zeugen Fredriksen gesehen wurde. Ich möchte, dass du die gesamte Umgebung überprüfst. Es muss irgendwo Kameras geben – egal, ob an Geschäften oder Privathäusern. Finde heraus, ob es eine Aufnahme gibt, die zeigt, wie dieser Kerl sich bewegt hat. Ich möchte wissen, ob er in ein Auto oder auf ein Motorrad gestiegen ist.«

Jasper notiert sich diensteifrig die Anweisung.

»Verstanden, Chef. Ich kümmere mich sofort darum.«

Das Klingeln von Svenjas Telefon unterbricht die Besprechung. Sie murmelt eine Entschuldigung und eilt zu ihrem Schreibtisch hinüber. Ein Blick aufs Display verrät ihr, dass es ein internes Telefonat ist.

»Tades? Ja, absolut, wir . . . oh, aha. Ja, klar, soll hochkommen.«

Svenja legt wieder auf und guckt verdutzt in die Runde.

»Das war Elke Süder. Ich wette, ihr werdet nicht erraten, wer im nächsten Moment zu uns stoßen wird.«

»Bert Schulte«, erwidert Sophie wie aus der Pistole geschossen.

Svenja schüttelt den Kopf.

»Nee, sein Bruder, der Schulleiter – dem geht nun der Arsch auf Grundeis«, rät Thomsen grinsend.

»Dasselbe hab ich mir auch gedacht, Chef«, pflichtet

Jasper ihm bei.

»Und? Haben wir recht?«, will der Hauptkommissar wissen, als Elke Süder in ihrer frisch gebügelten Uniform die Glastür zum Großraum aufstößt und ein zierliches, etwas blasses Mädchen mit langen, leicht zerzausten blonden Haaren eintreten lässt. Unter der grauen Kapuzenjacke, die ihr viel zu groß ist, kommt ein helles T-Shirt zum Vorschein, das knittrig und fleckig ist, als hätte sie es seit Tagen nicht gewechselt. Ihre Finger spielen nervös mit dem Saum ihrer Jacke, während ihre Beine unruhig hin und her wippen. Sie beißt sich auf die Lippen und ihr Blick huscht ängstlich zwischen den Kripobeamten, die sie nun alle anstarren, hin und her.

»Darf ich vorstellen: Nele Nielsen«, erklärt Elke Süder und wendet sich wieder zum Gehen.

Sophie fasst sich als Erste und lotst das Mädchen sanft aber bestimmt in ihr bescheidenes, aber gemütlich eingerichtetes Büro.

»Schön, dass du zu uns gekommen bist. Wir haben ein paar dringende Fragen an dich.«

22

Sophie beobachtet die Jugendliche, die sich auf ihrem Besucherstuhl niedergelassen hat. Ihre zarten Schultern hängen herab, die blassblauen Augen wirken ängstlich. Sie zupft nervös an den Ärmeln ihrer viel zu großen grauen Kapuzenjacke. Obwohl sie Nele nicht in einen der unpersönlichen kalten Vernehmungsräume, sondern in ihr behagliches kleines Büro gebracht hat, wirkt sie sehr in sich gekehrt. Weder die tollen Fotos aus Berlin, die an den Wänden prangen, noch die exotischen Pflanzen, die in bunten Farben blühen und gedeihen, scheinen daran etwas zu ändern. Das Glas Wasser, das sie ihr gebracht hat, hat sie bereits ausgetrunken, doch seitdem hat sie noch kein Wort gesprochen.

»Nele, deine Eltern machen sich große Sorgen um dich«, beginnt Sophie. »Sie suchen nach dir und haben Angst, dass dir etwas zugestoßen ist. Wo warst du letzte Nacht?«

Das Mädchen starrt eine Weile auf den Tisch, bevor es antwortet.

»Ich war bei Zoe«, sagt sie schließlich.

»Zoe?«, fragt Sophie nach. »Ist das eine Freundin

von dir?«

»Ja.«

»Soweit ich ich weiß, haben deine Eltern dort nach dir gesucht.«

»Ich weiß, Zoe hat für mich gelogen. Ich durfte mich in ihrem Zimmer verstecken«, gibt Nele zu und blickt schuldbewusst zu Boden.

Sophie spürt den Widerstand und möchte sich nicht auf einem Nebenschauplatz verzetteln. Ihr brennen viel drängendere Fragen auf der Zunge, weswegen sie lieber das Thema wechselt.

»Nele, wir müssen über deinen Geografielehrer, Bert Schulte, sprechen. Wie ist dein Verhältnis zu ihm?«

Die Jugendliche verzieht bei der Nennung dieses Namens das Gesicht. Ihre Finger spielen wieder nervös mit den Ärmeln ihrer Kapuzenjacke.

»Es ist . . . normal«, erwidert sie zögerlich.

Sophie bleibt geduldig. »Normal? Du kommst gut mit ihm klar?«

Nele weicht Sophies Blick aus, ihre Hände umklammern jetzt die Kanten des Tisches.

»Nein, nicht wirklich«, gibt sie zu.

Sophie verspürt nun eine gewisse Zuversicht, dass sie endlich mit der Befragung vorankommt.

»Was meinst du damit?«, hakt sie nach.

Nele zuckt die Schultern, ihre Augen fixieren einen Punkt irgendwo auf der Tischkante. »Ich mag ihn einfach nicht, okay?«

»Du magst ihn einfach nicht?«

»Ja, genau.«

»Okay. Aber woran liegt es denn, dass du Bert Schulte nicht leiden kannst?«

»Ist einfach so. Es ist doch mein gutes Recht,

jemanden nicht zu mögen, oder?« Nele klingt plötzlich trotzig und Sophie spürt, wie das Mädchen sich wieder einigelt.

Trotzdem lässt sie nicht locker.

»Natürlich ist es dein gutes Recht. Aber manchmal gibt es Gründe, warum man jemanden nicht mag. Gab es etwas, was er getan hat, das dich verletzt oder verärgert hat?«

Doch die Jugendliche bleibt jetzt stumm und vermeidet weiterhin den Augenkontakt.

Sophie seufzt innerlich und beschließt, das heikle Thema direkt anzusprechen. »Was hat es mit dieser Puppe auf sich?«

Nele blinzelt und runzelt die Stirn, als ob sie die Frage nicht verstanden hätte.

»Welche Puppe?«

Sophie bleibt ruhig, aber in ihrer Stimme schwingt Entschlossenheit mit.

»Die Voodoo-Puppe, Nele. Die selbst gebastelte Voodoo-Puppe mit dem Bild von Herrn Schulte.«

Nele verzieht keine Miene. »Ich weiß nichts von einer Puppe . . .«

Sophie hält irritiert inne. Was sollte das? Will sie ernsthaft abstreiten, diese Puppe gebastelt oder besessen zu haben? Nun, vielleicht hilft es ja ihrem Gedächtnis auf die Sprünge, wenn sie Nele mit dem Beweisstück konfrontiert.

»Einen Moment.« Sie schwenkt auf ihrem Drehstuhl herum, öffnet eine Schranktür und zieht eine Plastiktüte hervor. Demonstrativ lässt Sophie nun das corpus delicti aus der Tüte auf den Tisch gleiten.

»Diese Puppe, Nele«, sagt sie sanft, aber deutlich. »Kannst du mir erklären, warum die Augen von Herrn

Schulte auf dem Foto durchstochen sind?«

Nele zögert, ihre Augen huschen hin und her, als suche sie nach einer Ausrede.

»Ich . . . ich . . . es fällt mir schwer, darüber zu sprechen«, stottert sie schließlich. »Mein Mund ist plötzlich ganz trocken . . .«

Sophie runzelt die Stirn. »Alles in Ordnung?«

Nele nickt leicht, sieht aber aus, als ob sie gleich umkippen könnte.

»Könnte ich noch ein Glas Wasser bekommen?«, flüstert sie und ihre Augenlider flattern.

Beunruhigt steht Sophie auf. »Natürlich. Ich hole es dir.«

Aus der Kaffeeküche dringen die Stimmen ihrer Kollegen, die sie schon vom Flur aus wahrnehmen kann.

»Der Rüde ist schon gegangen«, erklärt Svenja kichernd. »Fredis abendliche Gassi-Runde hat schließlich Priorität.«

Jasper stimmt lachend mit ein. »Wenn ich mal Hauptkommissar bin, gönn ich mir auch einen Hund.«

»Das klingt eher nach *wenn Pferde fliegen lernen*«, spottet Svenja und winkt Sophie zu.

»Verstehe ich nicht, was hat das denn mit Pferden zu tun?«, murmelt Jasper. »Ah, Sophie. Was gibt's Neues?«

»Spricht die Kleine?«, ist auch Svenja neugierig.

Sophie schüttelt den Kopf, während sie Wasser in ein Glas füllt.

»Noch nicht. Das Mädchen ist nervös. Sie druckst herum und gibt keine klaren Antworten. Und sie wirkt sehr verschreckt. Mal sehen, ob ich sie dennoch zum Reden bekomme.«

»Wer, wenn nicht du«, spricht Jasper ihr Mut zu.

Sophie bedankt sich für das Kompliment mit einem Lächeln, nimmt das Glas und geht zurück in ihr Büro – bleibt dann jedoch wie angewurzelt in der offenen Tür stehen.

Der Stuhl, auf dem Nele eben noch saß, ist leer. Wie im Übrigen auch das Zimmer.

Ob das Mädchen vielleicht mal musste?

Doch dann fällt ihr Blick auf den Schreibtisch. Die Voodoo-Puppe, die mitten auf dem Tisch lag, ist ebenfalls verschwunden.

Verdammt. Sophie wirbelt herum, ihr Puls beschleunigt sich.

»Nele ist weg und die Puppe hat sie mitgenommen«, ruft sie Svenja zu, die soeben an ihren Schreibtisch zurückkehrt.

Ihre Kollegin lässt die Hand, die nach dem Telefonhörer greifen wollte, wieder sinken.

»Echt jetzt? Sie ist dir entwischt?«

Sophie fährt sich mit allen zehn Fingern durch ihre widerspenstigen Locken.

»Ja, verdammt noch mal. Das kleine Biest hat mich ausgetrickst. Und blöderweise, bevor ich sie fragen konnte, was es mit all dem Voodoo-Zeug auf sich hat.«

»Oh nein! Vielleicht kann ich sie noch einholen?«, bietet Jasper an, schnappt seine Jacke vom Haken und läuft los.

23

»Ist das zu fassen«, stöhnt Sophie zum wiederholten Male, während sie im Großraum auf und ab läuft. »Sie sagte, sie hätte sich schwindlig gefühlt . . . ich habe ihr Wasser geholt, und jetzt ist sie weg.«

Svenja bläst sich eine blonde Strähne aus der Stirn.

»Was denkst du, hat sie das mit Absicht gemacht?«

»Was meinst du?«

»Die Puppe zu klauen. Denkst du, sie ist bloß deshalb hier aufgetaucht, um das Ding wiederzubekommen?«

»Quatsch«, entgegnet Sophie, verzieht dann jedoch das Gesicht. »Wäre möglich . . . Mist, du könntest recht haben. Sie hat so getan, als wüsste sie nicht, wovon ich spreche, bis ich das Ding vor ihr auf den Tisch legte.«

»Und dann verlangte sie nach Wasser?«, fragt Svenja, als sie aus den Augenwinkeln sieht, wie Jasper, der erfolglos von seinem Sprint zurückgekehrt ist, plötzlich sein Handy aus der Hosentasche zieht. Schlagartig dreht sie sich zu ihm um.

»Was machst du?«

»Jemand muss es doch dem Rüden berichten«,

erklärt er arglos.

»Aber nicht du und nicht jetzt«, stellt sie klar und sieht ihren Kollegen finster an. »Lass das Sophie selbst machen, wenn es sein muss. Aber zuerst werden wir versuchen, das Mädchen wieder einzufangen.«

Jasper, dessen Backen nun eine rötliche Färbung aufweisen, steckt sein Handy wieder weg. »Okay, aber hör auf, mich so anzusehen.«

Sophie, die immer noch auf und ab läuft, bleibt einen Moment stehen und blickt ihre beiden Kollegen an.

»Jasper, Svenja, fahrt sofort zu Neles Familie, vielleicht ist sie nach Hause zurückgekehrt. Falls sie nicht dort ist, dann guckt bei ihrer Freundin Zoe nach. Bei der hat sie angeblich auch die letzte Nacht verbracht.«

»Okay«, ist Jasper einverstanden und klopft auf seine Hosentasche. »Die Adresse habe ich auf dem Zettel, den ihr Vater uns gegeben hat.«

»Und was machst du?«, fragt Svenja, während sie ihre Jacke von der Stuhllehne nimmt.

Sophie strafft die Schultern und ihre Augen wirken jetzt fest entschlossen.

»Ich werde nicht bis morgen warten, um mit Bert Schulte zu sprechen. Er hält offensichtlich etwas zurück, und ich will endlich Antworten. Ich fahre unangekündigt zur Familie des Schulleiters, wo er vorübergehend untergeschlüpft ist und knöpfe ihn mir vor. Es wird Zeit, dass wir herausfinden, was hier wirklich läuft.«

24

Sophie stellt den Wagen am breiten begrünten Parkstreifen ab und wirft einen Blick auf die gegenüberliegende Straßenseite. Die schmucke Villa der Familie Schulte hebt sich durch ihre eleganten, cremefarbenen Mauern und die symmetrisch angeordneten Fenster von den umliegenden Häusern ab. Der Vorgarten könnte einem Gartenmagazin entsprungen sein, denkt sie, als sie den mit blühenden Herbst-Anemonen und perfekt geschnittenen Buchsbäumen gesäumten Weg zur Eingangstür entlanggeht.

Sie klingelt und schon nach wenigen Sekunden öffnet ihr Carsten Schulte in legerer Freizeitkleidung die Tür.

Er wirkt überrascht, aber nicht unfreundlich.

»Frau Kommissarin! Mit Ihnen hätte ich jetzt nicht gerechnet. Ist noch etwas passiert?«

»Nein. Ich müsste bloß wegen des Brandanschlags noch einmal mit Ihrem Bruder sprechen. Er ist doch hier, oder?«

»Ja, das ist korrekt«, sagt Schulte höflich und tritt zur Seite, um den Weg für sie freizumachen. »Bitte, treten Sie ein.«

Sophie wird augenblicklich von der eleganten Atmosphäre des Eingangsbereichs gefangengenommen. Der Marmorboden glänzt unter dem warmen Licht des Kronleuchters. Kunstwerke zieren die Wände, und eine große Vase mit frischen Blumen steht auf einem antiken Beistelltisch. Wohlstand und Geschmack prägen dieses Haus gleichermaßen.

»Darf ich Ihnen meine Frau Margot vorstellen?«, sagt Carsten Schulte, nachdem er Sophie in ein elegantes Wohnzimmer geführt hat, wo sich eine attraktive Frau in den Vierzigern vom Sofa erhebt. Obwohl sie sich in ihrem eigenen Wohnzimmer aufhält, trägt sie einen teuren Kaschmirpullover und dunkle Hosen. Ihr blondes Haar ist ordentlich hochgesteckt, ihr Blick ist ernst.

»Moin, Frau Schulte«, sagt Sophie und reicht ihr zur Begrüßung die Hand. »Ich bin Oberkommissarin Meerkatz von der Kripo Husum. Entschuldigen Sie bitte, dass ich um diese Uhrzeit unangemeldet in Ihrem Zuhause auftauche. Es ist wichtig, dass ich noch einmal mit Ihrem Schwager sprechen kann.«

»Kein Problem«, erwidert Margot Schulte mit einem Lächeln. »Wir sind froh, wenn sich die Polizei gegen dieses schreckliche Verbrechen engagiert. Selbstverständlich unterstützen wir Sie, wo wir können. Bert konnte sich bereits ein wenig von letzter Nacht erholen und er kann bleiben, bis sein Haus wieder bewohnbar ist.« Bei den letzen Worten blickt sie zu ihrem Ehemann hinüber und schenkt ihm ein liebevolles Lächeln. »Das Gleiche gilt natürlich auch für meine Schwiegermutter, sowie die Ärzte erlauben, dass wir sie zu uns holen dürfen. Aber bitte, nehmen Sie doch Platz, Frau Kommissarin, ich werde Bert holen.«

»Danke.« Sophie lässt sich auf der teuren weißen Ledergarnitur nieder und Carsten Schulte setzt sich zu ihr.

»Meine Frau ist Ärztin«, erklärt er Sophie. »Anästhesistin. Sie arbeitet in der Nordern-Klinik in Schleswig und muss in wenigen Minuten zu ihrem Nachtdienst aufbrechen.«

Ein warmes Lächeln umspielt seine Lippen, als er weiterspricht.

»Ich wüsste nicht, was ich ohne Margot täte. Sie hat sich den ganzen Nachmittag rührend um Bert gekümmert.«

Sophie nickt verständnisvoll. »Ich kann mir vorstellen, dass der nächtliche Anschlag ein Schock für Ihren Bruder war. Wie geht es ihm jetzt?«

Der Schulleiter wiegt seinen Kopf hin und her, bevor er sie wieder mit seinem typischen Blick über den Brillenrand hinweg ansieht.

»Bert ist immer noch sehr aufgewühlt. Auch wegen Mutter, die uns alle mit ihrem schwachen Herzen beunruhigt. Wir wollten ihm hier ein sicheres Umfeld bieten, damit er sich erholen kann.«

Margot kehrt nun in Begleitung ihres Schwagers zurück, der eine saubere, dunkelgrüne Cordhose und ein frisches Hemd trägt. Sie sorgt dafür, dass er gegenüber von Sophie in einem eleganten Polstersessel Platz nimmt.

»Moin, Frau Kommissarin«, sagt Bert Schulte, und seine Stimme klingt noch ein wenig heiser. »Haben Sie den Täter schon ausgeforscht?«

»Nein. Die Ermittlungen dauern noch an.«

Sophie räuspert sich und blickt Carsten und Margot Schulte entschuldigend an. »Wäre es möglich, dass Sie uns ein paar Minuten allein lassen?«

»Selbstverständlich.« Carsten Schulte erhebt sich und verlässt gemeinsam mit seiner Frau den Raum.

»Ich habe keine Geheimnisse vor meinem Bruder«, erklärt Bert, während er den beiden hinterhersieht.

»Das mag sein«, erwidert Sophie, die sich, soweit es das Setting der Vernehmung betrifft, auf keinerlei Diskussionen einlassen möchte. »Aber mir ist es lieber so. Ich habe noch einige persönliche Fragen an sie und hoffe, dass Sie diese unter vier Augen offen und ehrlich beantworten werden.«

Bert nickt, seine Hände stoisch auf den Knien gefaltet. »Selbstverständlich.«

Sophie atmet nun tief ein und sticht das delikate Thema direkt an. »Wir haben von einer Schülerin erfahren, die eine Voodoo-Puppe mit ihrem Konterfei gebastelt hat. Warum haben Sie uns davon nichts erzählt?«

Bert Schulte zögert, senkt den Blick und reibt sich nervös die Hände an den Knien. »Ich . . . ich habe es nicht für wichtig gehalten. Es sind eben Teenager, Sie wissen schon. Die machen manchmal seltsame Sachen. Ich wollte das nicht größer aufbauschen, als es ist.«

»Aber die Augen auf dem Foto waren mit Nadeln durchstochen«, wird Sophie konkreter. »Das scheint mir mehr als nur ein harmloser Streich zu sein.«

Doch Bert Schulte schüttelt abweisend den Kopf.

»Ich dachte nicht, dass es eine Bedeutung hat. Nele ist doch erst fünfzehn. Ich wollte sie nicht an den Pranger stellen. Wenn ich es erwähnt hätte, wäre ihre Familie vielleicht unschuldig in Verdacht geraten. Das erschien mir nicht richtig.«

Sophie beobachtet ihn aufmerksam. Irgendetwas an

seiner Art gefällt ihr nicht, auch wenn sie nicht benennen könnte, was es ist. Sie beschließt, seine Reaktion auf unangenehme Fragen zu testen.

»Herr Schulte, ich werde Sie jetzt ganz direkt fragen: Gab es jemals eine Situation mit Nele, die unangemessen war? Haben Sie vielleicht eine Grenze überschritten?«

Schulte reißt den Kopf hoch und beginnt ihn heftig hin und her zu schütteln.

»Was? Nein, auf keinen Fall! Ich schwöre, ich habe dem Mädchen niemals etwas zuleide getan.«

Sophie mustert ihn lange, ihr Blick klebt hartnäckig an ihm fest.

»Sicher?«

»Ganz sicher.« Er nickt hastig und kann nicht verbergen, dass seine Hände zu zittern beginnen. »Ich schwöre, ich habe dem Mädchen nichts getan. Ich würde nie wieder . . .«

»Sie würden nie wieder was?«, hakt Sophie sofort nach. Ihre Stimme klingt nun schneidend.

Bert Schulte blickt sie erschrocken an.

»Ich wollte sagen, ich würde mich ansonsten nie wieder im Spiegel anschauen können«, erklärt Schulte und die Verlegenheit bewirkt, dass seine Augen hektisch blinzeln.

»Mhm.« Sophie legt den Kopf schief und mustert ihn eine Weile. Er ist ganz offensichtlich nervös. Aber wer wäre das nicht, wenn ein solcher Verdacht im Raum stünde?

Sie erhebt sich und reicht ihm die Hand zum Abschied.

»Gut. Ich muss Sie bitten, sich für weitere Befragungen zu unserer Verfügung zu halten. Lassen

Sie uns wissen, wenn Sie Ihren Aufenthaltsort ändern.«
»Selbstverständlich.«

Im Eingangsbereich trifft sie auf Carsten Schulte, der offenbar dort auf sie gewartet hat.

»Ich hoffe, Sie finden den Täter bald«, sagt er mit einem erschöpften Lächeln. »Diese Sache setzt uns allen zu.«

»Wir tun, was wir können«, antwortet Sophie, während er sie hinausgeleitet.

Als sie den gepflegten Weg zu ihrem Auto zurücklegt, fällt ihr auf, wie raffiniert die Pflanzen beleuchtet sind. Die in verschiedenen Farben angestrahlten Anemonen heben sich zauberhaft vom mittlerweile nachtschwarzen Himmel ab. Sophie blickt auf die Uhr. Wenn es um acht bereits so dunkel ist, naht der Winter in großen Schritten.

25

Svenja parkt den Wagen vor dem gepflegten, aber unscheinbaren Haus der Familie Nielsen und zupft ihren Pferdeschwanz zurecht. Eine Außenbeleuchtung gibt es nicht, doch das Licht aus der Küche schimmert durch die vorgezogenen Vorhänge.

Jasper geht voran und läutet. Nach einem kurzen Moment öffnet ihnen Edith Nielsen, die aussieht, als hätte sie seit Tagen nicht richtig geschlafen.

»Oh, Sie sind es wieder . . .«, sagt sie, als sie ihn erkennt. »Haben Sie Nele gefunden?« In ihre besorgte Miene mischt sich Hoffnung.

Jasper tauscht einen kurzen Blick mit Svenja, bevor er sich räuspert und seine Kollegin vorstellt. »Dürfen wir reinkommen?«

Edith Nielsen nickt hastig, ihre Augen weiten sich ängstlich. »Aber natürlich . . . treten Sie ein.«

Neles Vater kommt ihnen auf dem Flur entgegen. Er sieht ebenfalls übernächtigt aus und seine Gesichtsmuskulatur wirkt angespannt.

»Haben Sie Nele gefunden?«, ist auch seine erste Frage.

»Ja und nein«, erklärt Jasper ein wenig verlegen und

sieht die besorgten Eltern abwechselnd an. »Nele war heute bei uns auf dem Polizeirevier. Sie hat mit unserer Kollegin gesprochen, ist dann aber . . .«, er hält kurz inne, ». . . leider erneut verschwunden. Sie ist während des Gesprächs getürmt und hat die Voodoo-Puppe mitgenommen.«

Edith schnappt erst nach Luft und schlägt sich dann mit der Hand auf den Mund. »Also geht es ihr gut? Aber warum ist sie wieder weggelaufen? Und . . . was soll das mit dieser Puppe?«

»Das ist doch absurd«, raunt der Vater und verschränkt die Arme vor der Brust. »Das klingt ja, als ob meine Tochter völlig durchgeknallt wäre.«

Jasper zieht die Schultern hoch und verzieht bedauernd das Gesicht. »Das sind nun mal die Fakten, auch wenn sie keinen Sinn ergeben.«

Neles Mutter beginnt nun zu weinen und greift nach der Hand ihres Mannes.

In diesem Moment hört man Schritte von der Treppe her, und die Ermittler drehen sofort ihre Köpfe in diese Richtung.

Neles Bruder tappt barfüßig, in Jeans und T-Shirt, die hölzerne Treppe herab. Sein Gesicht zeigt das typische Desinteresse eines Teenagers.

»Was is'n hier los?«, fragt er, als er die Ansammlung im Flur erblickt, die Hände tief in den Hosentaschen vergraben.

Svenja spricht ihn direkt an. »Jonas, richtig? Hast du vielleicht deine Schwester gesehen?«

Jonas schnaubt und zuckt die Schultern. »Nee, ich dachte, Sie suchen nach ihr?«

»Das stimmt«, erklärt Jasper und kann nicht verhindern, dass seine Wangen heiß werden. »Wir sind hier, weil sie uns entwischt ist.«

Auf dem Gesicht des Jungen breitet sich nun ein präpotentes Grinsen aus. »So ist sie eben. Mädchen in dem Alter sind doch alle irgendwie gestört.«

»Jonas!«, schimpft seine Mutter. »Reiß dich zusammen.«

Auch Svenjas Blick verengt sich.

»Das ist nicht der richtige Zeitpunkt für einen solchen Kommentar, Jonas«, sagt sie scharf. »Wir sprechen hier über deine Schwester, die offensichtlich in Schwierigkeiten steckt.«

Der Junge dreht entschuldigend seine Handflächen nach oben und rollt mit den Augen.

»Jaja, ist ja gut. Nele macht eben ihr eigenes Ding. Hat sie immer gemacht. Aber denken Sie vielleicht, dass sie mir davon erzählt? Ich weiß nichts, okay?«

Jasper seufzt und tritt den Rückzug an. »Danke jedenfalls für die Auskunft, wir melden uns.«

Zurück im Wagen wirft er seiner Kollegin einen fragenden Blick zu.

»Und jetzt?«

»Plan B«, sagt Svenja ohne Umschweife. »Sophie sagte, wenn wir die kleine Ausreißerin nicht zu Hause antreffen, sollen wir unser Glück bei ihrer Freundin Zoe versuchen.«

»Richtig«, murmelt Jasper, während er im fahlen Licht der Innenbeleuchtung auf dem gefalteten Zettel nach der Adresse sucht. »Ah, hier hab ich's. Sie wohnt ganz in der Nähe. Geradeaus und die zweite Querstraße rechts.«

26

»Sind sie weg?«

Nele kauert in der hintersten Ecke des Zimmers, halb verborgen zwischen einem Stapel schmutziger Kleidung und einem großen Schreibtisch. Es riecht nach Deo und alten Sportsachen, und die Jalousien sind halb heruntergelassen, sodass nur schwaches Mondlicht von draußen in den Raum fällt. Sie hat ihre Knie an die Brust gezogen und die Arme um sich selbst geschlungen, als würde sie versuchen, sich vor der Welt zu verstecken. Ihre Haare sind unordentlich und ihr Gesicht nimmt sich fast weiß aus, doch in ihren Augen lodert etwas, das schon lange in ihr brodelt.

Jonas steht an seiner Zimmertür, lauscht einen Moment lang und nickt, als er sicher ist, dass die Kripobeamten das Haus verlassen haben.

»Ja«, sagt er schließlich und dreht sich zu seiner Schwester um, »sie sind weg.«

Nele atmet erleichtert aus, doch ihre Schultern bleiben angespannt. Sie bewegt sich nicht aus ihrer Ecke heraus, sondern senkt bloß den Kopf.

»Ich kann das nicht mehr«, murmelt sie. »Ich fühle mich so schuldig. Was ich getan habe . . . es war falsch.«

Jonas lässt sich behutsam neben ihr nieder und legt einen Arm um ihre Schultern. Seine sonst so lässige Art hat einer liebevollen Sanftheit Platz gemacht.

»Es ist vorbei, Nele. Du bist endlich über deinen Schatten gesprungen. Es wird Zeit für dich, damit abzuschließen.«

Nele schüttelt den Kopf, ihre Hände zittern leicht, während sie mit dem Stoff ihrer Kapuzenjacke spielt. Ihre Augen füllen sich mit Tränen.

»Ich kann mir selbst nicht verzeihen. Nicht nach allem, was passiert ist.« Ihre Stimme bricht und sie wischt sich schnell eine Träne von der Wange. »Ich kann das nicht mehr ertragen.«

Jonas zieht sie sanft in eine Umarmung. »Du musst das hinter dir lassen, Nele«, sagt er leise. »Sonst wird es dich zerstören. Es ist genug. Du musst loslassen, oder du wirst nie wieder Ruhe finden. Niemandem ist geholfen, wenn du dich bis in alle Ewigkeit quälst.«

Sie nickt zögernd, ihre Augen sind leer und erschöpft. Sie lehnt sich in die Umarmung ihres Bruders und lässt die Tränen laufen.

»Du hast recht«, flüstert sie, »ich kann so nicht mehr weitermachen.«

Jonas drückt seine kleine Schwester an sich, so als ob dabei etwas von seiner Kraft und Energie auf sie überspringen könnte. »Gut, dann bringen wir es jetzt zu Ende. Du vertraust doch auf die heilende und reinigende Kraft des Feuers?«

»Ja.« Ihre Stimme klingt entschlossen und zerbrechlich gleichermaßen.

Er platziert eine feuerfeste Schale in der Mitte des Raumes und stellt Kerzen rundherum auf. Während er die Dochte anzündet, robbt Nele näher heran. Sie sieht ihren Bruder einen Moment lang an, bevor sie sich aufrichtet und tief durchatmet. Dann nimmt sie die Voodoo-Puppe aus ihrer Jackentasche, das Symbol all ihrer aufgestauten Wut und ihres Schmerzes, und legt sie in die Schale.

Jonas greift in seine Hosentasche und zieht sein Handy hervor. Mit einem leisen Wischen öffnet er die Kamera und aktiviert die Videofunktion. Er filmt mit, wie seine Schwester ein Streichholz aus einer Schachtel zieht und es an der rauen Oberfläche entlangzieht. Mit einem leisen Zischen entzündet sich die Flamme und Nele sieht einen Moment lang zu, wie sie tanzt. Dann hält sie das Streichholz an die Puppe. Die Flamme erfasst das grobe Material, wird schnell größer und verzehrender.

»Fahr zur Hölle, Bert Schulte«, murmelt sie mit zitternder Stimme, während sie den brennenden Klumpen Stoff betrachtet. Ihre Augen beginnen in einem seltsamen, beinahe fiebrigen Glanz zu leuchten, während sie weiterspricht, die Worte wie ein Fluch auf ihren Lippen. »Deine Seele soll brennen, solange du auf Erden weilst. Sie soll brennen und schmerzen und niemals Ruhe finden.«

Die Flammen lodern höher und der Geruch von verbranntem Stoff erfüllt den Raum.

Jonas kniet vor ihr, seine Handykamera fest auf die Flammen gerichtet, während seine Schwester weiterspricht: »Dieses Feuer wird dich bestrafen und mich befreien.«

Nele starrt in die Flammen, die langsam wieder verglühen, als würden sie etwas von ihrem Schmerz mit sich nehmen.

Jonas beendet die Aufnahme, setzt sich an ihre Seite

und legt einen Arm um ihre Schultern.

»Es ist vorbei, Liebes. Lass alle Gedanken, die dich belastet haben, los. Ich schicke diese Botschaft nun in die Welt hinaus, damit passieren kann, was auch immer passieren muss.«

Nele lehnt ihren Kopf an seine Schulter und beginnt zu schluchzen. Die Erschöpfung und der emotionale Schmerz brechen nun vollends aus ihr heraus. Ihr Bruder hält sie fest und drückt sie an sich, während ihre Tränen an seinem T-Shirt versickern.

Das Echteste an einem Menschen
sind seine Fehler

Michelangelo

SONNTAG

27

Das schrille Klingeln von Taakos Handy zerschneidet die Dunkelheit, er tastet wie ferngesteuert nach dem Gerät, seine Augen noch halb geschlossen. Als er die vertraute Stimme eines Kollegen am anderen Ende der Leitung hört, ist er augenblicklich hellwach.

Es ist kurz nach zwei Uhr früh – und es gibt wieder einen Brand.

Obwohl er keinen Bereitschaftsdienst hat, ist es für ihn selbstverständlich, sein Team zu unterstützen.

Als er die angegebene Adresse erreicht, sind bereits zwei Löschfahrzeuge vor Ort.

Das Feuer leuchtet hell gegen die dunkle Nacht und die Luft ist erfüllt von Rauch. Es ist eine hübsche Villa, in der offenbar mitten in der Nacht ein Feuer ausgebrochen ist. Die Flammen, die in einem der vorderen Räume lodern, werfen lange, tanzende Schatten über den gepflegten Garten. Der schwarze Rauch wird zunehmend dichter, doch der Wind trägt ihn glücklicherweise in die andere Richtung.

Ein Mann, der einen zartrosa Häschenpyjama, aber keine Schuhe trägt, schreit wild gestikulierend auf einen der Feuerwehrmänner ein. Sein Blick ist panisch und seine Stimme überschlägt sich.

Taako legt ihm beruhigend die Hand auf die Schulter.

»Was ist los?«

»Mein Bruder ist noch im Haus!«, ruft der Verzweifelte im Häschenpyjama und zeigt hektisch auf die Flammen. »Sie müssen ihn retten!«

»Wie heißt er?«

»Bert.«

»Ist sonst noch jemand im Haus? Ihre Frau? Kinder? Irgendjemand?«

»Nein. Niemand sonst. Meine Frau ist Ärztin, sie hat Nachtdienst . . .«

»Wo genau befindet sich Ihr Bruder?«

»In dem Raum, der in Flammen steht!«

Taako schluckt. Wenn dort noch jemand drin ist, hat er keine Chance mehr. Sie können bloß nachsehen, ob sich der Unglückliche in einen anderen Raum retten konnte.

»Okay, wir tun alles, um Ihren Bruder herauszuholen. Aber Sie müssen das Grundstück verlassen! Jetzt sofort!«

Der Mann nickt verstört und Tränen schimmern in seinen Augen, als er barfüßig davontappt.

Taako und seine Kollegen betreten die Villa durch den Haupteingang; die Temperatur ist extrem hoch. Der Rauch füllt den Flur und die Flammen züngeln aus dem Raum nebenan heraus. Die Einrichtung ist extravagant, doch die edlen Möbel und die kunstvollen Gemälde an den Wänden haben in dem dichten Rauch keine Bedeutung mehr.

Aus dem Zimmer, in dem der Vermisste geschlafen

hat, schlägt ihnen die Hitze wie eine Wand entgegen. Hier müssen sie umkehren und die Löschbemühungen abwarten. Schritt für Schritt bahnen sie sich ihren Weg durch die Bereiche des Hauses, die noch begehbar sind, öffnen Türen und rufen nach Bert.

Doch es bleibt still.

Als sie schließlich zu dem Raum zurückkehren, der in Vollbrand stand, hat das Löschwasser der Kollegen bereits dafür gesorgt, dass das Feuer weitgehend zurückgedrängt worden ist. In der Mitte des Raumes können sie nun einen Menschen ausmachen. Es ist ein Mann, der in verkrümmter Haltung auf dem Boden liegt – und wie eine Fackel brennt.

Taako erstarrt für einen Moment. Die Wasserstrahlen, die nach wie vor durch die zerstörten Fenster hereinschießen, um die Flammen endgültig zum Erliegen zu bringen, können bloß noch das Haus retten. Für diesen Menschen kommt jede Hilfe zu spät.

Sie löschen die letzten Flammen mit Schaum und bergen den Toten; bringen ihn aus der rußigen Hitze in die kühle Dunkelheit zu dem bereits wartenden Wagen des Rettungsdienstes – wo sein besorgter Bruder im Häschenpyjama sofort auf ihn zustürzt.

»Bert!«

Als er den halbverkohlten Körper sieht, bricht er zusammen, fällt auf die Knie und schlägt die Hände vors Gesicht.

Die Umstehenden schweigen. Jedem ist klar, dass keine Rettungsmaßnahme der Welt diesen völlig verbrannten Körper wieder lebendig machen kann.

Taako legt dem Verzweifelten eine Hand auf die Schulter, versucht, ihn zu trösten, aber seine Worte zeigen keine Wirkung.

Während er nun zusieht, wie seine Kollegen die letzten Glutnester unter Kontrolle bringen, steigt der Rauch hoch und zieht langsam ab. Die schlimmen Folgen des Feuers bleiben jedoch bestehen.

28

Taako kehrt zu seinem Fahrzeug zurück, legt seine Atemmaske ab und wischt sich mit dem Handrücken über die Stirn, auf der sich Schweißperlen gesammelt haben. Seine Gedanken überschlagen sich. Das ist nun bereits der zweite Brand innerhalb von zwei Tagen – und die Ähnlichkeit ist unverkennbar. Zersplittertes Glas und ein Feuer, das wie aus dem Nichts heraus eine unheimliche Kraft entwickelte. So etwas ist ohne Brandbeschleuniger gar nicht möglich.

Er zieht sein Handy aus der Tasche und wählt Sophies Nummer. Es klingelt mehrmals, bevor sie abhebt.

Ihre Stimme klingt müde und wach zugleich.

»Taako? Was ist los?«

»Es ist noch mal passiert«, berichtet er keuchend. »Wieder ein Brandanschlag, und wieder mitten in der Nacht . . .«

»Wo?«, unterbricht Sophie alarmiert.

»In der Weserstraße 12.«

»Verdammt, das ist Carsten Schultes Adresse! Verstehst du, Taako? Das ist genau dort, wo das Opfer des ersten Brandes – Bert Schulte – Unterschlupf gefunden hat. Irgendjemand hatte es wohl ernsthaft auf ihn abgesehen.«

»Moment . . . der Typ, der gestern die Feuerwehr wegen des Brandanschlags gerufen hat, hat diese Nacht hier verbracht?«

»Ja.«

»Und er heißt Bert?«

»Ja.«

»Dann habe ich eine schlechte Nachricht für dich«, resümiert Taako, und seine Stimme hat nun einen dunklen Unterton. »Wer auch immer hinter diesen Anschlägen steckt, war dieses Mal erfolgreich. Besagter Bert ist nämlich mausetot.«

* * *

Der Himmel ist noch dunkel und ein dichter Nebel liegt über der Straße, als die Ermittler der Kripo Husum am Tatort eintreffen. Der unangenehm kalte Wind trägt den Brandgeruch mit sich, und der Nieselregen, der vor kurzem eingesetzt hat, behindert die Sicht zusätzlich.

»Ich fass es nicht«, murmelt Sophie, als sie von der Straße aus die einst liebevoll gepflegten und nun durch die Löscharbeiten völlig zerstörten Blumenbeete betrachtet.

Jasper neben ihr starrt auf das Haus, das nass und rußig wie ein Mahnmal vor ihm aufragt. Seine Hände sind in den Jackentaschen vergraben, das Gesicht vor

Ärger verzogen.

»Das hätte nicht passieren dürfen.«

»Richtig. Das hätte nicht passieren dürfen.« Sophies rotbraune Locken kleben ihr feucht im Gesicht, als sie mit zusammengebissenen Zähnen das Ausmaß der Zerstörung betrachtet. »Jemand hat Bert Schulte direkt vor unseren Augen umgebracht.«

Thomsen steht plötzlich neben ihr, seine Augen ebenfalls auf die schaurige Szenerie gerichtet.

»So ist es, Meerkatz«, knurrt er gegen den Wind an. »Und ich habe auch schon eine Ahnung, wer das war.«

Svenja und Jasper tauschen, überrascht von der Aussage ihres Chefs, einen schnellen Blick aus.

»Wer denn, Chef?«, fragt Jasper, dem völlig der Plan fehlt.

»Das würd mich auch interessieren«, stärkt Svenja ihrem Kollegen den Rücken.

Doch in diesem Moment trifft Dr. Aiko Emmermann ein, der nicht nur Thomsens langjähriger Segelkamerad, sondern auch der zuständige Leichenbeschauer ist.

»Moin«, sagt er mit seiner üblichen schnoddrigen Art und zieht den Reißverschluss seiner dunkelblauen Windjacke ein Stück höher. »Wo ist der Tote?«

»Ich zeig ihn dir.« Thomsen geht voran, während Emmermann ihm schnuppernd folgt. »Riecht stark nach gegrilltem Fleisch hier . . .«

Thomsen räuspert sich. »Ja, also . . . das . . . der Geruch kommt von der Leiche.«

Sophie, die den beiden ein paar Schritte lang folgte, wendet sich ab und blickt auf das blau blinkende Szenario von Einsatzfahrzeugen. Die Kälte und der Nieselregen wirken sich negativ auf ihre

Konzentrationsfähigkeit aus.

Svenja schließt zu ihr auf.

»Was denkst du?«

»Ich denke, dass wir etwas übersehen. Dass alles irgendwie zusammenhängt, aber wir die Puzzleteile nicht richtig aneinanderlegen. Diesen Mord hätten wir verhindern können.«

»Das seh ich auch so«, murmelt Jasper, der seinen Kolleginnen gefolgt ist. »Nur gut, dass der Rüde einen Verdacht hat.«

Sophie blickt ihn bloß an, ohne ein weiteres Wort zu verlieren. Als ob es jemals geholfen hätte, wenn ihr Chef einen Verdacht hatte.

29

Zurück im Großraum reibt sich Sophie die Oberarme warm.

»Ich hasse dieses nasskalte Wetter«, murmelt sie.

»Mhm, Schlafmangel und Kälte sind ätzend«, stimmt Jasper ihr zu. Auch ihm sitzt die Müdigkeit tief in den Knochen.

Thomsen lehnt sich bequem in seinem Stuhl zurück, während er an seiner Tasse Kaffee nippt.

»Was hat eigentlich der Emmermann gesagt?«, fragt Sophie. »Konnte er etwas beitragen, das uns weiterhilft?«

Thomsen schüttelt den Kopf. »Nichts, was wir nicht schon wissen. Fremdeinwirkung war ja wohl klar und der Zeitpunkt des Todes auch. Svenja, gib uns mal eine Zusammenfassung dieses Falls. Ich denke, wir müssen das große Ganze sehen, um eine Verbindung zu finden.«

Sophie verdreht innerlich die Augen. *Sagte er nicht vorhin noch, er hätte schon einen Verdächtigen im Kopf?*

Ihre Kollegin, deren blonder Pferdeschwanz heute schlaff herunterhängt, nickt arglos und begibt sich folgsam zum Whiteboard.

»Der erste Brandanschlag ereignete sich in der Nacht von Donnerstag auf Freitag. Das Ziel war Bert Schultes Haus, wobei aber niemand zu Schaden kam.«

»Das sehe ich anders«, unterbricht Jasper ein wenig altklug, »Herta Schulte kam sehr wohl zu Schaden, sie ist immer noch im Krankenhaus.«

»Aber doch nur, weil sie vor Schreck einen Herzinfarkt erlitten hat«, stellt Svenja klar.

»Eben«, beharrt Jasper. »Der wäre ihr ohne diesen Brandanschlag erspart geblieben.«

»Das weiß man doch gar nicht . . .«, ärgert sich Svenja.

Auch Thomsen reagiert genervt und macht mit seinen Händen wedelnde Bewegungen in Jaspers Richtung, die ihn gekränkt verstummen lassen.

»Okay, also das Feuer entstand im Wohnzimmer und hat sich nicht weiter ausgebreitet, weil die Feuerwehr schnell vor Ort war und den Brand rasch bekämpfen konnte«, fährt Svenja fort. »Der zweite Brand, der letzte Nacht passiert ist, war ähnlich. Wieder brach das Feuer in der Nacht aus, aber diesmal ausgerechnet in dem Zimmer, in dem Bert Schulte untergebracht war . . .«

»Dieser Raum liegt im Erdgeschoss und hat ein Fenster genau zur Straße hinaus«, unterbricht Jasper erneut und fügt noch eine Erklärung an. »Es ist doch logisch, dass eine Brand-Attacke immer genau jenes Fenster trifft, das am nächsten zur Straße liegt.«

Svenja ignoriert diesen Einwurf.

»Jedenfalls verbrannte Bert Schulte sozusagen völlig«, setzt sie ihren Bericht fort.

»Meiner Meinung nach war das kein Zufall«, meldet sich Sophie zu Wort. »Jemand wollte ihn töten.«

»Der Meinung bin ich auch«, stimmt Jasper zu, während er auf seinem Stuhl hin und her wippt.

Svenja wird nun durch ein Piepen ihres Handys abgelenkt und beginnt durch die Nachrichten zu scrollen, während Thomsen mit halb geschlossenen Augen gedankenverloren auf die halb volle Tasse vor sich starrt.

Alle scheinen darauf zu warten, dass er etwas sagt, aber es kommt nichts.

»Mhm, der Fall ist ein wenig undurchsichtig«, sagt Sophie schließlich. »Nur gut, dass du schon einen Verdächtigen hast, Rüde«, fügt sie spöttisch hinzu.

Der Hauptkommissar blickt auf und seine Augen verengen sich, doch genau in dem Moment, in dem er Luft holt, um seiner vorlauten Oberkommissarin Paroli zu bieten, grätscht Svenja mit einem verzerrten Quietschen in die Unterhaltung.

»Chef, guck mal! Das musst du dir ansehen! Sophie, Japser, ihr müsst das alle sehen!« Ihre Stimme überschlägt sich vor Aufregung, während ihre Augen auf ihr Handy fixiert sind.

Mit vor Aufregung geröteten Wangen startet sie eine Videoaufnahme. »Seht ihr den Zeitstempel? Dieses Video wurde heute Nacht hochgeladen – und es ist richtig grusliger Stoff.«

Auf dem Display ihres Handys ist nun ein blasses Mädchen mit langen blonden Haaren zu sehen, das in einem dunklen Raum auf dem Boden hockt, der von flackernden Kerzen erleuchtet wird. Ihre Augen wirken hoch konzentriert und in ihren Händen hält sie eine Voodoo-Puppe, die sie in eine Metallschale legt. Sie reißt ein Streichholz an und hält es an die Puppe. Die Flamme züngelt sofort an dem Stoff empor und der

Raum wird von dem orangefarbenen Schein des Feuers erfüllt.

»Fahr zur Hölle, Bert Schulte. Deine Seele soll brennen, solange du auf Erden weilst. Sie soll brennen und schmerzen und niemals Ruhe finden. Dieses Feuer wird dich bestrafen und mich befreien«, flüstert das Mädchen nun beschwörend.

»Oh mein Gott, das ist Nele!«, ruft Jasper überrascht aus.

»Richtig«, haucht Svenja und streicht sich über ihre Unterarme, auf denen sich eine Gänsehaut gebildet hat.

Das Video endet, nachdem die Puppe vollständig verbrannt ist, und die Kamera zoomt dabei langsam auf das Gesicht des Mädchens, in dem sich eine Art hypnotische Faszination breitgemacht hat.

»Okay, das ist krass«, brummt Thomsen. »Sie hat ihn verflucht, und jetzt ist er tot.«

Sophie greift entschlossen nach Svenjas Handy und handelt sich dafür einen bösen Blick ein. Nichtsdestotrotz klickt sie das Video erneut an.

»Seht euch mal den Raum an. Auch wenn es dunkel ist, man kann dieses Mal etwas erkennen.« Sie zoomt den Clip heran und fokussiert auf den grobpixeligen Hintergrund. »Die Poster an der Wand, die unordentliche Kleidung . . . das sieht mehr nach dem Zimmer eines Teenagers als nach einer okkulten Stätte aus.«

Jasper runzelt die Stirn. »Du denkst, das ist Neles Zimmer?«

Sophie schüttelt den Kopf. »Nein, es sieht eher wie das Zimmer eines Jungen aus.« Sie richtet sich auf, während sich ihre Gedanken überschlagen. »Es könnte Neles Bruder Jonas gehören, oder einem anderen

Jungen, der ihr Unterschlupf gewährt hat.«

Thomsen nickt nun mit versteinerter Miene, während man ihm ansieht, wie es hinter seiner Stirn rattert.

»Ich brauche mal ‘ne Pause«, sagt er schließlich, erhebt sich und steuert auf die Toiletten zu.

30

Das Video, das sie soeben gesehen haben, hat alle ein wenig verstört zurückgelassen. Thomsen ist aufs stille Örtchen verschwunden, Sophie hingegen hat den Weg zur Kaffeemaschine gewählt. Während sie ihren Pott auffüllt, gesellt sich Jasper zu ihr.

»Ich brauche auch noch einen Kaffee, ich habe so gut wie gar nicht geschlafen.«

»Lissa?«, fragt Sophie und er nickt.

»Weiß der Teufel, was mit ihr los war. So gebrüllt wie letzte Nacht hat sie noch nie.«

»Zähne?«, fragt Sophie, die von Babys kaum Ahnung hat.

Jasper schüttelt den Kopf. »Zu früh. Wohl eher 'ne Drei-Monats-Kolik.«

»Klingt übel.«

»Ist es auch«, meint ihr Kollege mit leidender Miene, als plötzlich das entfernte Rauschen der Klospülung zu vernehmen ist. Kurz darauf schallen Svenjas aufmunternde Worte durch den Raum.

»Noch 'n Käffchen, Chef?«

Nachdem sich alle wieder am Besprechungstisch versammelt haben, nimmt Thomsen seine Oberkommissarin ins Visier.

»Erzähl doch mal, Meerkatz, wie es sein kann, dass ich soeben ein Video gesehen habe, in dem eine Fünfzehnjährige ein Beweisstück verbrennt, das eigentlich in unserem Schrank liegen sollte?«

Sophie verzieht das Gesicht und richtet sich kämpferisch auf. Sie kann sich die Reaktion ihres Chefs auf das, was sie ihm nun erklären wird, bereits vorstellen.

»Nele hat mich ausgetrickst«, gesteht sie zerknirscht. »Sie täuschte einen Schwächeanfall vor und ich holte ihr ein Glas Wasser. Als ich zurückkam, war sie verschwunden; ihre Puppe hatte sie mitgenommen.«

Thomsen setzt nun seine Kaffeetasse ab. Und zwar langsam, Zentimeter für Zentimeter. Erst dann richtet er seinen zornigen Blick aus zusammengekniffenen Augen auf Sophie.

»Hoppla, Meerkatz. Erzählst du mir gerade, dass dir das Mädchen einfach so abhandengekommen ist? Die einzige relevante Zeugin in diesem verworrenen Fall?« Der Zynismus in seiner Stimme ist nicht zu überhören.

Sophie beißt die Zähne zusammen, ihre Wut über seine Reaktion kocht langsam hoch. Eine widerspenstige Locke fällt ihr ins Gesicht, aber sie streicht sie energisch zurück.

»Ja, das ist richtig. Sie hat mich getäuscht, weil ich zu arglos war – das war wohl ein Fehler«, gibt sie zähneknirschend zu.

»Ein Fehler, sagst du? Ein Fehler? Das ist die Untertreibung des Tages. Sie hat dich wie 'ne Anfängerin vorgeführt, Meerkatz. Wann wolltest du mir das sagen?«

Nachdem Sophie nun ihre Lippen aufeinanderpresst, lässt Thomsen seinem Ärger freien Lauf.

»Denkst du nicht, dass es ohne deinen Fehler möglich gewesen wäre, Bert Schultes Tod zu verhindern?«

Sophie starrt ihren Chef nun direkt in die Augen und ihr Blick verheißt nichts Gutes.

»Was willst du damit sagen, Rüde? Dass ich schuld an Schultes Tod bin, weil ich einer Jugendlichen ein Glas Wasser gebracht habe?«

Thomsen hebt eine Augenbraue und legt ein wenig Sarkasmus nach.

»Vielleicht hättest du dich darauf konzentrieren sollen, sie auszuquetschen – oder zumindest im Auge zu behalten – anstatt sie zu bemuttern.«

Sophies Augen funkeln nun vor Wut.

»Fehler passieren nun mal, wenn man arbeitet! Aber klar, wer stattdessen lieber mit seiner Promenadenmischung Gassi geht, ist hinterher fein raus!«

In der unheilvollen Stille nach diesem Ausbruch halten Svenja und Jasper den Atem an.

Thomsen presst die Lippen aufeinander und knetet seine Finger, während Sophie ihn mit zusammengekniffenen Augen anstarrt.

Svenja ist die Erste, die die Anspannung nicht mehr erträgt. Sie eilt ans Whiteboard und tippt auf Neles Foto.

»Vielleicht ist das Mädchen gefährlich, vielleicht auch nicht. Ich bin dafür, dass wir alles unternehmen, um sie zu finden, bevor noch jemand stirbt.«

Thomsen atmet tief durch und erhebt sich langsam, ohne den Blick von seiner Oberkommissarin zu nehmen.

»Siehst du, Meerkatz? Jedem hier ist klar, dass das Übel von dem Mädchen ausgeht. Auch wenn uns die Zusammenhänge noch nicht ganz erklärlich sind – das Böse ist nicht zu übersehen!«

»Ja, klar«, lacht Sophie nun zynisch auf. »Ein verstörtes Kind zündet ‘ne Puppe aus Muttis Stoffresten an – ist doch völlig logisch, dass sich danach irgendwelche Dämonen erheben und alles in Schutt und Asche legen.«

»Vielleicht hat Nele Hilfe gehabt?«, beeilt sich Svenja zu deeskalieren. »Ihr Vater oder ihr Bruder könnten ihre wirren Fantasien umgesetzt haben. Oder ein Freund, von dem wir noch nichts wissen.«

Doch Svenjas Ablenkungsmanöver greift nicht. Thomsens Blick hat sich an Sophie festgesaugt und es wirkt, als würde er die Zähne blecken.

»Meerkatz, ich sage dir . . .«, beginnt er knurrend, als die Glastür zum Großraum aufschwingt und Maike hereingestürzt kommt.

»Rüde!«, ruft sie und wirft sich in seine Arme.

»Was ist denn los, Schätzchen?«, fragt er völlig verdutzt.

»Stell dir vor, Vera hat mich soeben angerufen«, schluchzt seine Frau haltlos. »Sie will uns verklagen, wenn wir ihr Fredi nicht zurückgeben.«

31

Nachdem sich Thomsen ein paar Minuten Auszeit genommen und die unerfreuliche private Situation mit Maike in seinem Büro besprochen hat, kehrt er miesepetrig an den Besprechungstisch zurück.

»Ich werde jetzt den Dienststellenleiter über den Stand der Dinge informieren«, verkündet er mit versteinerter Miene. »Jasper und Svenja, ihr fahrt sofort zur Familie Nielsen. Durchsucht das Haus und stellt sicher, dass euch kein Nielsen-Sprössling entkommt.«

Sophie ärgert sich über die ihrer Meinung nach völlig überflüssige Spitze und verschränkt die Arme vor der Brust.

»Dann werde ich mir den Tatort noch einmal genauer ansehen«, erklärt sie.

»Das ist eine gute Idee«, erwidert Thomsen hämisch. »Der kann dir nämlich nicht entwischen.«

* * *

Als Thomsen Petersens Büro betritt, findet er den Dienststellenleiter wie üblich hinter seinem großen, ordentlich aufgeräumten Schreibtisch vor. Seine Hemdsärmel spannen etwas zu sehr an den Schultern und der Kragen scheint ihn fast zu würgen. Auch das ist ein vertrautes Bild, ebenso wie die roten Flecken, die sich bei Stress auf seinem Gesicht abzeichnen.

»Mensch, Rüde«, begrüßt Petersen ihn mit verzwickter Miene und setzt sich aufrechter hin. »Das ist vielleicht ein Schlamassel.«

»So kann man es nennen«, brummt Thomsen und sieht sich suchend nach Petersens Assistentin um. Es wäre ein Pech, wenn sie ausgerechnet jetzt etwas auswärts zu erledigen hätte.

»Hast du gesehen, was die Presse titelt? Der Online-Anzeiger schreibt: *Ein Mal gerettet, beim zweiten Mal verbrannt – hat unsere Polizei versagt?*«

»Seit wann interessiert es dich, was diese Pressefuzzis zusammenkleistern?«, ärgert sich Thomsen.

Petersen nimmt seine Brille ab und beginnt, sie mit einem Tuch zu polieren. »Der Paulsen hat es auch gelesen«, sagt er, ohne den Hauptkommissar anzusehen. »Er hat mich soeben angerufen.«

»Mich auch«, erklärt Thomsen und zieht die Schultern hoch. Was er nicht dazu sagt, ist, dass er den Anruf des Kriminaldirektors nicht angenommen hat.

Petersen setzt seine Brille wieder auf und fixiert sein Gegenüber mit einem stechenden Blick.

»Wie konnte das passieren? Ich dachte, ihr hättet die Situation im Griff?«

»Dachten wir auch«, erwidert Thomsen und weiter nichts.

Gerade als Petersen sich wieder an die Brille fassen will, öffnet sich die Tür und Angelika Hüse tritt ein. Ihre goldblonden Haare fallen perfekt gestylt in sanften Wellen über ihre Ohren, und ihr schickes, elegantes Outfit – ein dunkler, perfekt geschnittener Blazer mit passendem Bleistiftrock – verleiht ihr eine feminine Note, die Thomsen jedes Mal bewundert. Doch am besten gefällt ihm, dass sie ein silbernes Tablett in der Hand trägt, auf dem sich zwei Tassen Kaffee befinden.

»Moin, Herr Hauptkommissar«, flötet sie gut gelaunt und stellt eine Tasse direkt vor ihm ab. »Käffchen?«

Thomsen schenkt ihr sein strahlendstes Lächeln.

»Vielen Dank, Frau Hüse. Sie sind wirklich ein Schatz.«

Angelika Hüses Wangen verfärben sich vor Freude über dieses Kompliment leicht rötlich. Petersen beobachtet die Szene mit genervtem Blick, während er seine Kaffeetasse an sich zieht.

»Also, wie geht es jetzt weiter?«, fragt er mit gereiztem Unterton.

Die roten Flecken in seinem Gesicht scheinen sich auszubreiten, wie Thomsen mit einem schnellen Blick feststellt.

»Mhm«, macht er genießerisch und leckt sich über die Lippen, um den köstlichen kaffee zu loben.

»Kannst du dieses Mädchen nicht verhaften?«, wird Petersen deutlich.

»Verhaften? Eine Fünfzehnjährige?« Thomsen lehnt sich zurück und lacht trocken. »Weswegen? Wegen Durchführen eines Feuerzaubers? Da kann ich dir die Schlagzeilen des Online-Anzeigers prophezeien! *Husum beamt sich zurück ins Mittelalter, Polizei hat junges Mädchen wegen Hexerei verhaftet.* Fehlt bloß noch, dass wir öffentlich zum Sammeln von Holz für den Scheiterhaufen aufrufen – binnen Stunden werden wir zum Gespött von ganz Deutschland. Was heißt Deutschland? Die ganze Welt wird über uns lachen . . .«

»Jaja, schon verstanden«, murmelt Petersen und nimmt seine Brille neuerlich ab. Die Flecken in seinem Gesicht sind nun von einem intensiven Rot, seine Stimme verzagt. »Was hast du stattdessen vor?«

»Lass das ruhig meine Sorge sein«, sagt Thomsen, bemüht, kompetent zu klingen. In Wahrheit hat er noch keinen Schimmer, wo er ansetzen soll. Von den üblichen Befragungen der Nachbarn mal abgesehen. In diesem verzwickten Fall gibt es mehr Fragen als Antworten und keinen ernstzunehmenden Verdächtigen.

»Und die Presse?«, bohrt Petersen weiter, während seine Finger nervös auf die Schreibtischplatte trommeln. »Was soll ich denen sagen? Ich bin wirklich in Sorge, dass die Medien uns zerreißen werden.«

Thomsen lächelt dünn. »Dir fällt schon etwas ein, Görg. Im Übrigen würde ich dir empfehlen, dich an den Leitfaden im Umgang mit der Presse zu halten, der sich bewährt hat.«

»Was genau meinst du damit?«

»So viel wie nötig und so wenig wie möglich«, erwidert Thomsen und trinkt genüsslich seinen Kaffee aus.

32

Svenja hat ihrem Kollegen das Steuer überlassen und hängt nun auf dem Beifahrersitz ihren eigenen Gedanken nach, während Jasper den Wagen durch die engen Gassen lenkt.

Nele dabei zuzusehen, wie sie die Voodoo-Puppe verbrannte, löste etwas in ihr aus – eine Mischung aus Unbehagen und Fassungslosigkeit. Wie konnte es bloß so weit kommen? Sie weiß, dass Jugendliche manchmal dumme Dinge tun, aber das hier ist anders. Nele wirkte durchaus so, als ob sie einen Grund für ihre tiefsitzende Abneigung hatte.

Das Klingeln von Jaspers Handy reißt sie aus ihren Gedanken. Er nimmt den Anruf über das Display des Dienstwagens an und kurz darauf schallt Billis Stimme durch den Raum.

»Hey Schatz, ich kann nicht mehr.«

»Wegen Lissa?«

»Ja. Sie hört einfach nicht auf zu schreien. Kaum nickt sie ein, wacht sie wieder auf und schreit weiter.«

»Hat sie Fieber?«

»Nein, das zum Glück nicht.« Billis Stimme klingt erschöpft. »Deine Mutti fährt sie jetzt im Kinderwagen eine Runde spazieren, damit ich mich erholen kann.«

»Und Nelli?«, erkundigt sich Jasper nach seiner älteren Tochter.

»Nelli geht's gut. Sie hilft Sven, sein Motorrad zu reparieren.«

»Das ist jetzt ein Scherz, oder? Nelli ist noch nicht mal zwei.«

»Ich weiß«, stöhnt Billi. »Aber du erinnerst dich doch, dass er sich dieses kaputte Vehikel gekauft hat, das er ganz allein wieder herrichten will.«

»Natürlich«, sagt Jasper und zieht eine Grimasse, bei der er die Augen verdreht. Der Lebenspartner seiner Mutter hat sich erst kürzlich ein völlig fahruntüchtiges Motorrad aus dem letzten Jahrhundert als eine Art Hobby zugelegt und sich über dieses Schrottteil wie ein Kind an Weihnachten gefreut.

»Er bringt Nelli die Namen sämtlicher Werkzeuge bei, und sie reicht sie ihm, wenn er unter dem Ding liegt«, berichtet Billi weiter.

»Nicht dein Ernst . . .«

»Doch. Und sie hat offensichtlich Spaß daran. Aber was mach ich mit der Kleinen? Soll ich mit Lissa zum Arzt? Auch, wenn sie kein Fieber hat? Ja, das mach ich«, gibt sie sich gleich selbst die Antwort. »Was soll ich sonst tun? Wann kommst du?«

»Hoffentlich bald«, seufzt Jasper, den die Müdigkeit bereits in die Knie zwingt. »Ich bin auch kurz vorm Umfallen.«

Nachdem Billi sich verabschiedet hat, versucht Svenja ihren Kollegen mit einem Lächeln aufzumuntern.

»Vielleicht bietet uns Neles Mutter einen Kaffee an.«

Auch Edith Nielsen wirkt müde, als sie die Tür öffnet. Bei ihr kommen noch Sorgenfalten hinzu, die sich tief in ihr Gesicht gegraben haben.

»Haben Sie meine Tochter gefunden?«

Svenja wirft Jasper einen kurzen Blick zu, bevor sie spricht.

»Nein, leider noch nicht. Aber wir müssen trotzdem mit Ihnen sprechen. Tja . . . also, es gibt neue Entwicklungen . . . dürfen wir reinkommen?«

Die Frau tritt zur Seite und lässt sie ins Haus. »Natürlich. Folgen Sie mir.«

Im Wohnzimmer angekommen, setzt sie sich zu ihrem Mann Heiko auf die Couch. Er wirkt ebenso erschöpft wie seine Frau.

»Was gibt es?«, fragt er mit angespannter Stimme.

Svenja setzt sich zu den beiden, während Jasper lieber stehen bleibt, um nicht versehentlich in den bequemen Polstermöbeln einzunicken. Er fixiert die Kaffeekanne auf dem Couchtisch mit einem sehnsüchtigen Blick.

»Haben Sie Nele oder Jonas in den letzten Stunden gesehen?«, fragt Svenja direkt.

Edith schüttelt sofort den Kopf. »Nele? Nein, ich hatte gehofft, Sie hätten sie gefunden. Wir haben sie seit Freitag nicht mehr gesehen. Jonas haben wir heute Morgen kurz gesehen, beim Frühstück. Er musste schon früh los, Sonntag ist immer Matchtag. Seine Mannschaft spielt heute gegen Büsum«, setzt sie hinzu.

Jasper löst seine Augen von der Kaffeekanne und wirft einen Blick in Richtung Treppe. »Könnten wir uns das Zimmer Ihres Sohnes ansehen?«

Die Eltern tauschen einen verwirrten Blick, doch sie nicken.

»Natürlich«, sagt Edith langsam. »Aber warum . . .?«

»Jonas weiß möglicherweise mehr über Neles Probleme, als er zugegeben hat«, erklärt Svenja, während sie bereits die Treppe hochsteigt. »Es könnte uns helfen, herauszufinden, wo sie ist.«

Als sie die Tür zu Jonas' Zimmer öffnet, dreht sie sich triumphierend zu Jasper um.

»Das ist der Raum. Die Poster an der Wand, der unordentliche Schreibtisch, das Bett mit den zerwühlten Laken – es ist eindeutig das Zimmer, in dem das Video aufgenommen wurde.«

Nachdem sie ins Wohnzimmer der Familie Nielsen zurückgekehrt sind, zeigt Svenja den Eltern das Video, in dem Nele die Puppe verbrennt.

Die Augen von Neles Mutter weiten sich und der Vater schüttelt verwirrt den Kopf. Beide sehen aus, als würden sie die Welt nicht mehr verstehen.

»Was . . .? Was ist das? Warum macht sie das?«, beginnt Edith und in ihren Augen sammeln sich Tränen.

»Das . . . das kann doch nicht strafbar sein, oder?«, stottert der Vater, »Nele ist doch noch ein Kind . . .«

Svenja schluckt den Kloß hinunter, der sich in ihrem Hals gebildet hat.

»Herr Nielsen, es geht nicht nur um dieses Ritual an sich – wir müssen Ihnen leider mitteilen, dass Bert Schulte, dessen Foto auf der Puppe aufgeklebt war, die ihre Tochter in diesem Ritual verbrannt hat, noch in derselben Nacht – also vor rund zehn Stunden – bei lebendigem Leib verbrannt ist.«

Sie hält kurz inne, um die Wirkung ihrer Worte zu beobachten. Edith Nielsen beginnt zu zittern, während ihr Mann sich mit einer Hand am Hinterkopf kratzt und mit der anderen nach seiner Frau greift.

»Wir glauben, dass Nele und Jonas mehr darüber wissen, als sie zugeben«, fügt sie hinzu.

Die Stille im Raum ist nun erdrückend.

»Aber . . . aber . . . das ergibt doch keinen Sinn«, stößt der Vater schließlich hervor.

»Was den Sinnzusammenhang betrifft, rätseln wir ebenfalls noch«, gibt Jasper zu. »Trotzdem müssen wir davon ausgehen, dass Ihre Familie in diese Sache involviert ist. Wo waren Sie beide letzte Nacht?«

»Hier«, antwortet Heiko sofort. »Wir waren beide zu Hause. Was denken Sie denn? Wir haben rumtelefoniert und auf Nachricht gewartet. Sie wissen doch, dass wir verzweifelt nach unserer Tochter gesucht haben. Wir sind erst sehr spät eingenickt, und zwar hier auf der Couch, weil wir eigentlich wach bleiben wollten.«

»Wie spät war es da?«, will Jasper wissen.

»Keine Ahnung, vielleicht eins?«

»Könnte es sein, dass Jonas und Nele in der Nacht ins Haus schlichen, als Sie bereits geschlafen haben?«

Der Vater nickt nun. »Möglich wärs schon. Jonas kam auf jeden Fall in der Nacht, er war zum Frühstück hier. Hat ordentlich reingehauen, bevor er zum Match aufbrach. Aber warum sollte Nele an uns vorbeischleichen? Wir hätten uns doch gefreut, sie wiederzusehen.«

»Aber Sie hätten wohl auch die Polizei informiert?«

»Äh . . . ja, natürlich«, meint nun die Mutter und wirft ihrem Mann einen hilflosen Blick zu.

»Können wir noch im Rest des Hauses nachsehen, ob sie sich irgendwo versteckt hält?«, fragt Svenja.

»Selbstverständlich.«

Der Vater übernimmt es nun, sie durch das Haus zu führen, doch in keinem weiteren Zimmer ergibt sich ein Hinweis auf Neles Anwesenheit.

Schließlich möchte Jasper noch die Garage sehen.

Als Heiko Nielsen das Tor öffnet, schlägt ihnen der typische Geruch von Motoröl und Benzin entgegen. Ein roter VW Golf steht ordentlich auf der einen Seite, während auf der anderen ein Mofa geparkt ist.

»Das gehört meinem Sohn«, erklärt Jonas' Vater von sich aus.

»Warum ist er ohne sein Mofa unterwegs?«, hakt Jasper nach.

»Er ist heute mit einem Freund mitgefahren.«

Die Garage ist aufgeräumt, fast penibel gepflegt, und so entdeckt Svenja auf den ersten Blick zwei Reservekanister, die mit Benzin gefüllt sind.

»Interessant«, murmelt sie und öffnet den Schraubverschluss. Ein Kanister ist bloß noch halb voll.

»Das Benzin ist für den Rasenmäher«, rechtfertigt sich der Hausherr sofort. »Ich habe immer etwas in Reserve, damit ich nicht ständig zur Tankstelle muss.«

»Aber es wäre möglich, dass Jonas hier Benzin für den Brandsatz abgezapft hat«, stellt Jasper fest.

Heiko schüttelt abwehrend den Kopf, wirkt aber zunehmend unruhiger. »Sicher nicht. Wenn, dann hat er bloß ein wenig Sprit in sein Mofa gefüllt, mein Sohn ist doch kein Brandstifter.«

Svenja sieht ihn nun ernst an.

»Es tut mir leid, aber wir müssen jede Möglichkeit in Betracht ziehen . . .«

»Nein«, entgegnet der Vater und verschränkt die

Arme. »Das kann nur ein Missverständnis sein, mein Junge hat nichts damit zu tun.«

Svenja nickt ihm zu, reicht ihm aber dennoch ihren Notizblock und drückt ihm auch einen Stift in die Hand.

»Wo genau spielt Jonas‘ Mannschaft? Wir brauchen die Adresse.«

33

Sophie parkt ihren knallgelben Nissan Pick-up gegenüber der einst schmucken Villa, deren kaputte Fenster nun mit großen Balken vernagelt sind. Sie will gerade aussteigen, als die elektronischen Möwen über die Freisprechanlage des Wagens zu kreischen beginnen.

Ihre Laune hebt sich, als sie den Namen auf dem Display sieht – es ist Alex, ihre beste Freundin, die nach wie vor als Rechtsmedizinerin in Berlin tätig ist. Sie nimmt den Anruf entgegen, obwohl ihr bewusst ist, dass Taako bereits in der Brandruine auf sie wartet. Beste Freundin geht nun mal vor.

»Wie läuft's in der Hauptstadt?«

»Du wirst es nicht glauben«, kommt Alex' Stimme ein wenig gestresst durch die Leitung. »Ich habe hier auch mal einen seltsamen Fall auf dem Tisch. Eine Frau, Mitte vierzig, die aus dem Nichts heraus gestorben ist. Keine offensichtlichen Verletzungen, keine Drogen im Blut, kein Gift. Das einzig Auffällige: Ihre Fingernägel sind abgebrochen, um genau zu sein, völlig abgerieben, und blutig eingerissen, so, als hätte sie verzweifelt versucht, irgendwo herauszukommen, bis ihr Herz aufgehört hat zu schlagen. Einfach mysteriös.«

Sophie zieht die Augenbrauen hoch, während sie den Fahrersitz zurückschiebt, um bequem die Beine übereinanderschlagen zu können.

»Das klingt wie aus einem Horrorfilm. Hast du schon eine Theorie?«

»Nein, und die zuständigen Ermittler auch nicht«, seufzt Alex. »Ich muss noch die weiteren toxikologischen Berichte abwarten, die ich angefordert habe, aber ehrlich gesagt, es wirkt fast so, als wäre sie an etwas gestorben, das nicht von dieser Welt ist.«

Sophie lacht und beobachtet die Blätter, die der Wind auf der Straße tanzen lässt.

»Du könntest dich mit dem Rüden zusammentun«, spottet sie. »Der lässt nach einem fünfzehnjährigen Mädchen fahnden, das eine Voodoo-Puppe verbrannt hat.«

»Nicht dein Ernst«, erwidert Alex verblüfft.

»Doch. Definitiv. Wobei ich fairerweise ergänzen muss, dass noch in derselben Nacht, als die Puppe in Flammen aufging, der Typ, den sie verkörperte, den plötzlichen Feuertod fand.«

»Oha, das klingt tatsächlich nach schwarzer Magie«, macht Alex sich lustig. »Sag bloß, eure kleine Hexe hat rotes Haar?«

»Nee, sie ist blond. Aber ich fürchte, der Rüde ist bereit, darüber hinwegzusehen«, seufzt Sophie.

Alex amüsiert sich noch eine Weile, wird dann jedoch wieder ernst.

»Er denkt aber nicht wirklich, dass ein Teenager, der mit schwarzer Magie experimentiert, schuld am Tod eines Menschen ist, oder?«

»Keine Sorge, in Wahrheit sucht er die Schuld – wie jedes Mal, wenn etwas schiefläuft – bei mir.«

»Oha, es ist etwas schiefgelaufen? Was denn?«

»Eigentlich nichts, bloß, dass mir besagte kleine Hexe während der Vernehmung mitsamt ihrer Voodoo-Puppe entwischt ist.«

»Ach nee«, stöhnt Alex auf und beginnt herzhaft zu lachen. »Du Arme – so wie ich deinen Chef kenne, wird er das noch wochenlang auswälzen.«

»Monate, nicht Wochen – wenn nicht gar Jahre«, klagt Sophie, muss dann aber doch in Alex' ansteckendes Gelächter mit einstimmen.

* * *

Bevor sie aus dem Auto steigt, zieht sie sich vorsorglich Gummistiefel über. Gut geschützt stapft Sophie durch den ehemals schönen Vorgarten, der nun mit Matsch und verkohlten Resten bedeckt ist.

Taako wartet im Eingangsbereich auf sie. Der Boden unter seinen Stiefeln ist noch nass von den Löscharbeiten.

»Sieht übel aus«, sagt sie, während sie sich umblickt.

Taako nickt. »Was das Feuer nicht zerstört, zerstört das Wasser . . . das ist leider so.«

»Hast du schon etwas über den Ablauf des Brandes herausfinden können?«

»Ja, und es wird dir nicht gefallen«, erwidert Taako,

während er sie in das Zimmer geleitet, in dem das Feuer ausgebrochen ist.

Er zeigt auf die Mitte des Raumes.

»Jemand hat den Toten mit einer brennbaren Flüssigkeit übergossen. Vermutlich Benzin, aber der Laborbefund steht noch aus. Der Brand ist auf jeden Fall von ihm ausgegangen. Alles andere fing erst danach Feuer.«

Sophie runzelt die Stirn, während sie die verbrannten Wände und Möbelstücke betrachtet. »Also war er das Ziel und nicht die Villa?«

»Auf jeden Fall.«

Taako nähert sich dem geborstenen Fenster, um Sophie die mit Ruß und Brandrückständen bedeckten Scherben zu zeigen, die im Raum liegen. Dazwischen ist auch ein rußiger Ziegelstein zu sehen.

»Das Fenster wurde mit einem Ziegelstein eingeworfen?«, bemerkt sie überrascht. »Dann handelt es sich um die gleiche Vorgehensweise wie beim ersten Brandanschlag.«

»Ganz genau«, erwidert Taako. »Das betrifft auch die Glasscherben. Und wenn man sich die näher ansieht, stößt man auch auf solche, die von einem Flaschenhals stammen.«

»Dann ist das hier nicht nur Fensterglas?«

»Nein, ganz sicher nicht. Es ist gut möglich, dass dem Ziegelstein eine Flasche mit Benzin folgte, die bereits einen brennenden Zünder enthielt.«

»Wie soll ich mir das genau vorstellen?«, hakt Sophie nach. »Bert Schule wacht auf, weil ein Ziegelstein in sein Zimmer fliegt. Er springt aus dem Bett, um nachzusehen, was da los ist. Da trifft ihn die Flasche, benässt ihn mit Benzin oder was auch immer, und weil da bereits ein brennender Docht dran ist, fängt sein Körper sofort Feuer?«

»Ja, wäre möglich«, meint Taako ein wenig vage.

»Es wäre möglich?«, gibt Sophie irritiert zurück. Sie hatte erwartet, ihre Theorie vorbehaltlos bestätigt zu bekommen. »Was wäre denn die Alternative?«

»Ich weiß es nicht, Sophie, irgendetwas stimmt hier nicht . . .«

»Was meinst du?«

»Ich meine, wenn du von so einer Flasche getroffen wirst, und du fängst Feuer – was tust du?«

»Puh . . . ich denke, ich laufe ins Bad, dreh die Dusche an oder wickle mich in eine Decke, um die Flammen zu ersticken . . .«

»Mhm, das klingt logisch«, sagt Taako nachdenklich. »Aber Bert Schulte hat nichts davon getan. Er lief nicht mal schreiend durchs Haus – er lag einfach bloß brennend in der Mitte des Raumes.«

»Hmm.« Sophie legt den Kopf schief. »Das klingt allerdings mysteriös. Wir sollten auf einen möglichst raschen Autopsietermin bestehen«, sagt sie mehr zu sich selbst als zu dem Mann neben ihr.

Sie sieht sich noch einmal in dem zerstörten Zimmer um und wendet sich anschließend wieder an ihren Ex-Freund.

»Weißt du, wie es Carsten Schulte geht?«

»Du meinst den Mann, dem die Villa gehört?«

»Ja.«

»Er war nie in Gefahr. Er hat das Feuer gemeldet und lief aufgescheucht in seinem Vorgarten rum. In einem rosa Häschenpyjama, den ich seither nicht mehr aus dem Kopf bekomme.«

»Wo ist er jetzt?«

»Keine Ahnung, ich hab dafür gesorgt, dass ihn der Rettungsdienst ins Krankenhaus bringt, um ihn durchzuchecken. Seither habe ich nichts mehr von ihm gehört.«

Sophie notiert sich das und steckt ihr Notizbuch wieder weg.

»Gut, ich werde gleich anschließend mit ihm sprechen. Zuerst möchte ich mir noch den Rest des Hauses ansehen.«

»Klar.« Taako lächelt und lässt ihr mit einer galanten Geste den Vortritt. »Ich begleite dich.«

Sophie quert den Eingangsbereich und steigt die geschwungene Marmortreppe in die obere Etage hoch.

»Verdient man so viel als Schulleiter?«

»Das habe ich mich auch gefragt«, erwidert Taako, »aber dann ist mir eingefallen, dass seine Frau Ärztin ist. Wahrscheinlich kommt sie aus einer reichen Familie.«

»Hmm«, macht Sophie und registriert überrascht, dass oben noch einiges heil geblieben ist. Vor allem die Räume an der Rückseite des Hauses scheinen unversehrt zu sein. Es handelt sich offenbar um die Schlafzimmer der Bewohner, deren große Sprossenfenster einen herrlichen Blick in den hinter der Villa liegenden parkähnlichen Garten freigeben.

»Sieh einer an«, sagt Sophie. »Der Schulleiter und seine Frau haben getrennte Schlafzimmer.«

»Wahrscheinlich schnarcht er«, meint Taako und verzieht das Gesicht. Schließlich hatte Sophie während ihrer Lebensgemeinschaft auch auf einen eigenen Raum bestanden, weil sein Schnarchen sie nicht zur Ruhe kommen ließ.

»Möglich«, murmelt sie und eilt weiter, schon um

diese Diskussion nicht vertiefen zu müssen. Als sie den letzten Raum auf diesem Flur betritt, bleibt sie verblüfft stehen.

Es ist ein Mädchenzimmer – ein typisches Mädchenzimmer, das in sanften Pastellfarben gestrichen ist. An der Pinnwand neben dem Schreibtisch stecken Fotos, Ansichtskarten und poppige Flyer. Das Bett ist ordentlich gemacht, als wäre es nie benutzt worden, und darüber hängen Lichterketten, die den Eindruck funkelnder Sterne vermitteln.

Sophie dreht sich um ihre eigene Achse, bis ihr Blick auf der rosaroten Bettdecke verharrt, auf der unzählige Plüschtiere in Reih und Glied nebeneinander sitzen. Alles hier wirkt sorgsam gepflegt, und doch haben weder Carsten Schulte noch seine Frau eine Tochter erwähnt.

Sophie streicht sanft über die Bettdecke. Es herrscht eine Art von stiller Traurigkeit in diesem Raum, die sich surreal anfühlt.

»Wer wohnt hier?«, fragt sie leise und dreht sich zu Taako um.

Sein Blick wandert ebenfalls durch den Raum, aber er zieht bloß ratlos die Schultern hoch.

»Ich werde sofort aufbrechen«, sagt Sophie, während sie mit ihrer Handy-Kamera die Details des Zimmers festhält. Die Fotos, die an der Pinnwand stecken und auf denen unterschiedliche Mädchen im Schulalter zu sehen sind, nimmt sie mit. »Ich muss nun dringender denn je mit Carsten Schulte und seiner Frau sprechen.«

34

Die Cafeteria des Krankenhauses wirkt eher steril als gemütlich; ein Ort, an dem sich der Geruch von Desinfektionsmitteln mit dem Aroma von frisch gebrühtem Kaffee und warmem Mikrowellen-Essen vermischt. Kunststoffstühle und Tische in Weiß und Orange füllen den Raum, das Licht ist grell, und das leise Brummen der Kaffeemaschine hinter dem Tresen wird von gelegentlichem Geschirrgeklapper überlagert.

Nur wenige Menschen sitzen verstreut an den Tischen, die meisten in der Kombination Patient und Besucher, so wie es auch bei Carsten Schulte und Sophie der Fall ist. Nachdem seine Atemwege angegriffen sind, soll er einen Tag hierbleiben, hat er ihr zur Begrüßung erklärt. Weil er aber kein Einzelzimmer hat, in dem sie in Ruhe sprechen können, sind sie in die Cafeteria ausgewichen.

Nun sitzt er ihr im dunkelblauen Morgenmantel gegenüber, seine Augen sind rot und gereizt, seine Stimme heiser und seine Hände umklammern eine Tasse Kamillentee, als ob er sich daran festhalten müsste.

»Ich weiß nicht, wie ich das Unglück meiner Mutter

beibringen soll«, jammert er verzweifelt. »Sie hat gerade erst einen Herzinfarkt überstanden . . . wenn ich ihr erzähle, dass Bert tot ist, bekommt sie doch den nächsten . . .«

Sophie nickt verständnisvoll und lässt ihn reden. Sie beobachtet seine Gesten und die nervöse Unruhe, mit der er an seinem Kamillentee nippt, während sie ihren Kaffee probiert. Er ist nicht nur heiß, sondern schmeckt auch besser als befürchtet. Der bittere Geschmack ist genau das, was sie jetzt braucht.

»Früher oder später wird sie es erfahren müssen«, sagt sie so einfühlsam wie möglich.

Schulte schüttelt den Kopf, seine Stirn legt sich in Falten. »Ich kann es ihr nicht sagen, Bert war doch immer ihr Liebling.«

Sophie nickt mit der nötigen professionellen Empathie, ihre Gedanken eilen dem Gespräch jedoch voraus. Sie möchte dringend mehr über den gestrigen Abend erfahren.

»Herr Schulte, ich muss Ihnen einige konkrete Fragen stellen: Wann genau haben Sie Ihren Bruder zum letzten Mal gesehen?«

Bevor er antwortet greift der Mann im blauen Morgenmantel zu einem Taschentuch, um sich die Tränen abzutupfen.

»Gestern. Meine Frau hat ihm das Gästezimmer hergerichtet und . . . Sie selbst waren doch abends bei uns, Sie haben Bert doch gesehen. Er war so dankbar, dass er bei uns unterschlüpfen konnte und wollte sich von den Strapazen des Anschlags erholen. Deshalb ging er früh zu Bett, ich denke so gegen neun.«

»Und Ihre Frau?«

»Margot ist zu ihrem Nachtdienst aufgebrochen,

noch während Sie mit Bert gesprochen haben.«

Richtig, denkt Sophie. Nun fällt es ihr wieder ein.

»Sie arbeitet als Anästhesistin im Nordern-Klinikum in Schleswig, nicht wahr?«

»Richtig.«

»Hmm, demnach waren Sie der Letzte, der Bert lebend gesehen hat?«

Carsten seufzt, seine Finger spielen nervös mit dem Rand der Tasse.

»Vermutlich. Oh Mann, das ist so traurig . . .« Tränen laufen nun über seine Wangen und er greift erneut zu dem Taschentuch. »Nachdem Sie aufgebrochen sind, habe ich kaum noch mit meinem Bruder gesprochen, ihm nur kurz eine gute Nacht gewünscht, um ihm seine Ruhe zu gönnen. Ich habe in meinem Schlafzimmer noch ein wenig gelesen und bin dann eingeschlafen – bis ich durch den Lärm geweckt wurde. Das war ein schreckliches Klirren und Poltern. Danach ging alles ganz schnell.«

»Erzählen Sie alles, was Sie gesehen haben«, fordert Sophie ihn auf.

»Ich lief hinunter ins Wohnzimmer, das war unversehrt, also riss ich die Tür zum Gästezimmer auf, wo Bert untergebracht war. Dort war das ganze Chaos. Feuer, Rauch, Scherben . . . ich konnte kaum etwas erkennen, so dicht war der Rauch . . . und Bert . . . Bert lag auf dem Boden in den Flammen, ich wollte zu ihm hin, aber ich konnte nicht . . . diese Hitze . . . also lief ich wieder ins Schlafzimmer hoch, um mit meinem Handy die Feuerwehr zu rufen . . . nun ja, den Rest kennen Sie ja.«

»Mhm.« Sophie sieht ihn nachdenklich an. »Haben Sie jemanden gesehen?«

»Nein. Niemanden.«

Sie lehnt sich in dem unbequemen Plastikstuhl zurück und überdenkt alles, was sie gerade gehört hat.

»Und bevor Sie schlafen gegangen sind? Haben Sie da etwas bemerkt? Oder jemanden?«

»Nein, nichts. Es war alles ruhig.«

»Und Ihre Überwachungskamera? Sie haben doch eine, nicht wahr? Hat sie den Brand letzte Nacht aufgenommen?«

Schulte schüttelt erneut den Kopf, seine Augen wirken leer.

»Nein. Wir haben bloß eine Attrappe angebracht. Bis jetzt hat sie alle Einbrecher abgeschreckt.«

Sophie notiert sich das und wechselt das Thema.

»Ich denke, es gibt eine Verbindung zwischen Nele Nielsen und Ihrem Bruder«, sagt sie, während sie seine Reaktion auf diese Aussage genau beobachtet.

Doch Schulte schüttelt bloß müde den Kopf. »Ich denke, da sind Sie auf dem falschen Dampfer, Frau Kommissarin. Bert hat mir versichert, dass er selbst keine Ahnung hat, warum das Mädchen diese Puppe gebastelt hat.«

»Sie hat sie nicht nur gebastelt, sie hat sie auch in einem Ritual verbrannt. Letzte Nacht, nur wenige Stunden, bevor Ihr Bruder in den Flammen gestorben ist«, lässt Sophie nun die Bombe platzen.

»Aber das«, stottert Schulte überrascht, »das kann doch nur ein Zufall sein . . .«

»Ja?«

»Ja, natürlich, ich meine, es ist schon verwirrend, nein, es ist eigentlich total verstörend, aber . . . dafür muss es doch eine rationale Erklärung geben . . .«

»Rational, mhm.« Sophie trinkt den letzten Rest

ihres Kaffees aus und findet es nun an der Zeit, die Frage, die ihr auf der Zunge brennt, auszusprechen.

»Herr Schulte, es gibt etwas, das mir aufgefallen ist, als ich heute in Ihrer Villa war. Etwas, das Sie mir nicht erzählt haben.«

Der Schulleiter sieht auf und runzelt die Stirn. »Was meinen Sie?«

»Ich spreche von dem Raum in der oberen Etage, am Ende des Flurs. Dieses Zimmer ist für ein Mädchen eingerichtet . . .« Sie lässt das Ende des Satzes bewusst in der Luft hängen.

Schulte starrt auf seine Hände. »Das ist . . . Julias Zimmer«, sagt er kaum hörbar.

»Julia?« Sophie hebt eine Augenbraue. »Ist das Ihre Tochter?«

»Ja . . . nein, sie war meine Tochter«, sagt er leise, fast tonlos. »Sie starb vor ein paar Monaten. Es . . . es ist immer noch schwer, darüber zu sprechen.«

»Vor ein paar Monaten? Warum haben Sie das nicht erwähnt?«

»Weil es zu schmerzhaft ist«, murmelt Schulte und senkt den Blick. »Meine Tochter war sehr krank . . .«

Sophie öffnet ihre Tasche und nimmt die Mappe mit den Fotos heraus.

»Welches dieser Mädchen ist Julia?«

Er tippt auf ein ernstes junges Gesicht. Das Mädchen auf dem Bild mag vielleicht dreizehn oder vierzehn Jahre alt sein, mit großen, dunklen Augen. Sie lächelt auf keinem der Fotos, wirkt stattdessen in sich gekehrt. Nur auf einem Bild sieht sie ein wenig fröhlicher aus. Da wurde sie in einer ländlichen Umgebung fotografiert. Sie lächelt zaghaft und hält einen Welpen im Arm.

»War das Julias Hund?«

»Nein, sie hätte sich einen Hund gewünscht, aber wir waren zu beschäftigt. Diese Fotos . . .«, er deutet auf die Bilder und seine Augen füllen sich mit Tränen, ». . . sie zeigen genau, wie sie war. In sich gekehrt, nachdenklich, melancholisch. Sie hat fast nie gelächelt. Glauben Sie mir, ich würde nichts lieber tun, als ihr einen Welpen zu kaufen – wenn sie noch leben würde . . .«

»Haben Sie deshalb das Zimmer unverändert gelassen?«

Er nickt kaum merklich. »Ja, so können wir uns einreden, sie wäre noch da. Als ob sie bloß in der Schule wäre oder bei einer Freundin . . .«

Sophie nickt ihm verständnisvoll zu.

»Wie alt war Julia, als sie starb?«

Anstelle einer Antwort krümmt sich Carsten Schulte in seinem dunkelblauen Morgenmantel.

»Bitte hören Sie auf, über meine Tochter zu sprechen. Bitte, das ist mir zu viel . . . es hat ja auch gar nichts mit dem Brand zu tun.«

Das mag sein, aber für uns ist immer das Gesamtbild wichtig, denkt Sophie, verzichtet aber darauf, zu insistieren. Sie wird Svenja darauf ansetzen, die Hintergründe zu beleuchten und außerdem mit Margot Schulte sprechen.

»Wann kommt Ihre Frau vom Nachtdienst zurück?«

»Am frühen Nachmittag.«

»Ach, erst?«, sagt Sophie enttäuscht. Sie hatte gehofft, gleich im Anschluss mit Schultes Frau sprechen zu können.

»Margot hat mir geschrieben, dass sie 'ne harte Nacht hatte und sich noch ein paar Stunden aufs Ohr legt, bevor sie hierher zu mir fährt.«

»Wie soll ich das verstehen?«

»Nun, üblicherweise verlässt sie nach der Übergabe am Morgen das Krankenhaus, aber das gilt nur für ruhige Nächte, in denen sie schlafen konnte. Wenn sie die Nacht über im Einsatz war, ist sie zu müde, um die einstündige Fahrt nach Hause zu bewältigen. Dann legt sie sich noch ein paar Stunden hin.«

»Das klingt vernünftig«, muss Sophie einsehen. »Bitte schreiben Sie ihr, dass sie sich bei mir melden soll, sobald sie auf dem Rückweg ist.«

Schulte nickt ihr ergeben zu und zieht sein Handy aus seiner Hosentasche. »In Ordnung, das mache ich. Und ich werde ein Zimmer im Hotel Anker reservieren. Oder können wir schon in unser Haus zurück?«

»Bedaure«, sagt Sophie. »Für die nächsten Tage ist das leider nicht möglich.«

35

Im Großraumbüro der Kripo herrscht nach Sophies Rückkehr immer noch eine angespannte Atmosphäre. Svenja, die immer bemüht ist, schlechte Stimmungen abzufedern, sorgt für frischen Kaffee und stellt einen Teller Friesenkekse auf den Tisch.

Jasper greift als Erster zu.

»Wir haben Jonas beim Fußballmatch nicht angetroffen«, berichtet er kauend und der Frust in seiner Stimme ist nicht zu überhören. »Das Spiel war gerade aus, die anderen waren noch in der Umkleidekabine, aber er war bereits weg.«

»Das ist schlecht«, sagt Thomsen.

»Ja, denn ich bin mir mittlerweile sicher, dass er unser Täter ist. Wir haben sein Zimmer gesehen. In genau diesem Zimmer hat Nele die Puppe verbrannt. Er war nicht nur dabei, er hat sogar das Video gedreht. Daran besteht für mich kein Zweifel. Außerdem hat er ein Mofa und leichten Zugang zu Benzin. Und er hat ein Motiv.«

»Das seh ich auch so«, ergänzt Svenja und ihre hellblauen Augen blitzten vor Entschlossenheit. »Alles, was passierte, hängt mit seiner Schwester Nele zusammen. Auch wenn wir noch nicht wissen, was Bert Schulte ihr angetan hat, irgendetwas muss er getan haben. Etwas, das richtig schlimm war.«

»Hmm«, brummt Thomsen und angelt sich ebenfalls einen Keks. »Und wo steckt das Mädchen? Habt ihr sie gefunden?«

»Nein, Nele ist ebenfalls nicht auffindbar«, muss Svenja eingestehen. »Wir haben bei all ihren Freundinnen angerufen, jede einzelne Mutter ans Telefon geholt. Bei ihrer Freundin Zoe, wo sie sich letztens versteckt hielt, haben wir sogar persönlich nachgesehen. Jeden einzelnen Schrank haben wir geöffnet, aber nichts. Ich denke, die Geschwister Nielsen sind auf der Flucht«, murmelt sie und nimmt einen großen Schluck von ihrem Kaffee.

»Habt ihr versucht, die beiden am Handy zu erreichen?«

»Klar«, erwidert Jasper. »Beide gehen nicht ran. Neles Handy ist abgeschaltet, sonst könnten wir ihren Aufenthaltsort ermitteln. Soll ich Jonas' Handy auch überwachen lassen?«

Thomsen nickt kauend. »Auf jeden Fall. Besorg dir einen Beschluss und gib die Fahndung nach den beiden raus. Ich wette, die haben sich zusammen abgesetzt.«

Ärgerlich wischt er die Kekskrümel vom Tisch.

»Wir hätten die beiden viel früher festnehmen müssen.«

»Finde ich auch, Chef«, echot Jasper.

Thomsens Blick fällt auf Sophie.

»Was ist mit dir, Meerkatz? Warum sagst du nichts?«

»Ich denke nach.«

»Worüber?«

»Über diesen Fall.«

Der Hauptkommissar verdreht nun demonstrativ die Augen.

»Und?«, schnaubt er ärgerlich. »Bringt uns das irgendwie weiter?«

»Noch nicht«, erwidert Sophie lakonisch, als ein grelles Klingeln die Besprechung unterbricht.

Svenja begibt sich umgehend zu ihrem Schreibtisch.

»Tades?«

»Moin, Svenja«, meldet sich die vertraute Stimme ihres Schwiegervaters in spe. »Ich habe deine Nachricht auf dem Anrufbeantworter abgehört und gute Nachrichten für dich und deine Truppe. Nachdem ich morgen und übermorgen auf Weiterbildung in München bin, wäre ich bereit, die Autopsie eures Brandopfers heute Nachmittag vorzunehmen.«

»Äh . . . ja . . . danke«, erwidert sie verlegen. »Das ist aber nett von dir«, sagt sie dann und beendet das Gespräch.

»Warum stotterst du?«, will Sophie wissen.

»Das war Peter Jensen, Kais Vater, er kann sofort mit der Autopsie loslegen.« Ihre Augen wandern zu ihrem Keks mampfenden Kollegen. »Jasper, könntest du . . .?«

»Ausgeschlossen«, entscheidet Thomsen. »Er muss sich um die Fahndung kümmern.«

Svenjas flehender Blick trifft nun Sophie. »Kannst du vielleicht . . .?«

Doch jene schüttelt ebenso entschieden den Kopf.

»Nee, Küken, da musst du dieses Mal durch. Ich möchte noch ein paar Recherchen, die Familie Schulte betreffend, durchführen und auch mit Margot Schulte sprechen.«

Thomsen zieht den Keksteller, der im Laufe der

Besprechung mehr und mehr in Jaspers Sphäre gewandert ist, wieder an sich.

»Wozu soll das gut sein?«, blafft er in Sophies Richtung.

»Man muss die Opfer kennen, wenn man die Täter finden will«, entgegnet sie mit ruhiger Stimme, während sie Kringel mit ihrem Stift auf den Notizblock malt. Und außerdem würde ich gern ein wenig Zeit mit Nils verbringen, denkt sie für sich. Laut ergänzt sie: »Ich habe eben erst erfahren, dass die Schultes eine Tochter hatten, die vor einigen Monaten verstorben ist.«

»Oha«, kommentiert Svenja überrascht und Jasper lässt seine Hand, die nach dem nächsten Keks greift, wieder sinken. Thomsen zieht argwöhnisch eine Braue hoch.

»Seht ihr«, sagt Sophie, der diese Reaktionen nicht verborgen bleiben. »Deshalb will ich noch mehr über die Schultes herausfinden. Wenn wir wissen, was in dieser Familie vorgefallen ist, kommen wir vielleicht auch dahinter, warum jetzt alles eskaliert.«

»Das ist Quatsch, Meerkatz«, ärgert sich Thomsen von Neuem. »Alles spricht dafür, dass Jonas und seine Schwester hinter diesen Brandanschlägen stecken. Das Video ist doch ein eindeutiger Beleg dafür, wie sehr Nele unser Opfer gehasst hat. Wir müssen alle unsere Ressourcen in die Fahndung nach den beiden stecken. Warum recherchierst du nicht über deren Familie oder bringst die Eltern dazu, uns zu verraten, wo sich ihre Kinder versteckt halten?«

Sophie bleibt die Antwort darauf erspart, weil in diesem Moment das Handy ihres Chefs zu klingeln beginnt.

»Thomsen . . . ja? Ah, das ist gut. Bringen Sie die

beiden sofort in den Vernehmungsraum . . . nein, nicht gemeinsam . . . ja, getrennt . . . richtig, in zwei verschiedene Räume.«

Als er den roten Button auf dem Display nach rechts wischt, trägt er einen triumphierenden Ausdruck zur Schau.

»Wir haben sie! Die Kollegen haben Nele und ihren Bruder im Vereinsheim von Jonas' Fußballklub aufgegriffen. Vergiss deine Recherchen, Meerkatz, jetzt quetschen wir die Wahrheit aus diesen Teenagern raus. Jasper, du holst die Eltern ab. Die brauchen wir an Bord, schließlich ist das Mädchen erst fünfzehn.«

Svenja, die kurz gehofft hatte, die Autopsie doch noch an ihren Kollegen abtreten zu können, seufzt resigniert und bereitet sich psychisch darauf vor, die ungeliebte Autopsie zu übernehmen. Sie greift nach der Lederjacke, die über ihrer Stuhllehne hängt, und zieht sie über.

»Dann mache ich das eben«, spricht sie sich selbst Mut zu.

36

Der fensterlose Vernehmungsraum riecht nach abgestandenem Kaffee und Schweiß, einer Mischung, die sich hier des Öfteren festsetzt. In der Mitte steht ein einfacher Tisch mit drei Stühlen, zwei auf einer Seite, einer auf der anderen.

Sophie beobachtet abwechselnd ihren Chef, der neben ihr sitzt, und Jonas Nielsen, der gegenüber Platz genommen hat. Letzterer trägt ein einfaches dunkelgrünes Sweatshirt über der ausgebeulten Jeans und fühlt sich sichtlich unwohl. Immer wieder wischt er seine schwitzigen Handflächen an den Oberschenkeln ab.

»Jonas, das hier ist kein Spiel«, dröhnt Thomsen und der tiefe Bass seiner Stimme verfehlt seine Wirkung nicht. »Du wirst beschuldigt, zwei Brandanschläge verübt zu haben, wobei der zweite besonders schwer wiegt, weil dabei ein Mensch ums Leben gekommen ist. Wir sprechen hier von Mord.«

Für einen Moment glaubt Sophie, einen Hauch von Panik in Jonas‘ Blick zu erkennen. Doch dann lässt er den Kopf sinken.

»Ich war das nicht«, sagt er lapidar.

Thomsen fixiert ihn mit seinem Blick.

»Du warst das nicht, mhm? Dann erklär mir mal, du Unschuldslamm, warum du dich vor der Polizei versteckt hast?«

Jonas beißt sich auf die Lippe, sein Blick wandert durch den Raum, bevor er den abgenutzten Boden fixiert.

»Ich wollte bloß Nele beschützen«, sagt er leise. »Sie hat genug durchgemacht . . . sie will nicht noch mal von der Polizei vernommen werden.«

Sophie spürt, wie sich die Anspannung in ihr ausbreitet, als Jonas Neles Vernehmung anspricht. Es wurmt sie immer noch, wie leicht sie sich von dem Mädchen hat austricksen lassen.

Thomsen lehnt sich nach vorn, seine Stimme ist jetzt leiser, fast schon freundlich, als er dem Jungen einen Vorschlag unterbreitet.

»Okay, Jonas, jetzt denk doch mal nach. Wenn du wirklich nichts getan hast, dann solltest du mit uns reden. Das ist deine Chance, klar Schiff zu machen. Vielleicht kannst du auf diese Weise deine Schwester sogar besser beschützen.«

Jonas überlegt eine Weile und öffnet dann tatsächlich den Mund, als wolle er etwas sagen, doch in genau diesem Moment klopft es von draußen.

Thomsen zieht die Augenbrauen zusammen und blickt genervt zur Tür, als jene aufschwingt und eine Frau Mitte vierzig eintritt.

Die Unbekannte trägt einen eleganten dunkelblauen Hosenanzug und eine cremefarbene Bluse, die perfekt zu ihrem akkurat geschnittenen kinnlangen schwarzen Haar passt. Die Lippen sind zu einem schmalen, professionellen Lächeln verzogen, das ihren Unterbiss nicht kaschieren kann. Ihr Blick ist stechend. Noch bevor sie sich vorstellt, ist nicht nur Thomsen, sondern auch Sophie klar, dass die Vernehmung beendet ist, denn die Erscheinung könnte nicht typischer sein – für eine Strafverteidigerin.

»Moin, mein Name ist Isabel Krüger«, erklärt sie prompt. »Ich bin die Anwältin von Jonas Nielsen. Seine Eltern haben mich beauftragt.«

»Na großartig«, brummt Thomsen in seinen Dreitagebart hinein. Dann erhebt er sich, um ihr geradewegs in die Augen zu blicken. »Frau Krüger, wir haben allen Grund zu glauben, dass Jonas in zwei Brandanschläge verwickelt ist, einer davon mit tödlichem Ausgang. Wenn er unschuldig ist, gibt es keinen Grund, nicht zu kooperieren . . .«

Krüger hebt die Hand und unterbricht Thomsen mit einer gelassenen Geste. »Selbstverständlich. Aber zuerst möchte ich mit meinem Mandanten unter vier Augen sprechen.«

»Bitte, wie Sie wollen«, schnaubt Thomsen, der vor Enttäuschung am liebsten seinen Stuhl durch den Raum treten würde. Er hätte bloß noch ein paar Minuten mit dem Jungen allein gebraucht.

Sophie steht ebenfalls auf und überlässt ihren Sitzplatz der Anwältin, die sich mit einem überheblichen Lächeln darauf niederlässt.

»Was hältst du von einer schönen, heißen Tasse Kaffee?«, versucht Sophie die Wogen zu glätten, kaum, dass sie und Thomsen auf den Flur hinausgetreten sind.

»Okay«, grummelt ihr Chef und kickt einen leeren Pappbecher, der auf dem Boden liegt, gegen die Wand.

»Und dann reden wir mit dem Mädchen. Diese Krüger kann schließlich nicht bei beiden Nielsen-Kindern gleichzeitig sein.«

37

Svenja fröstelt unter ihrer Schutzkleidung und das Atmen, an das sie sonst keine Gedanken verschwendet, macht ihr zu schaffen. Die Mentholpaste, die sie unter der Nase aufgetragen hat, mildert zwar den Geruch, ist aber auf ihre Art ebenfalls scheußlich. Sie begegnet Peter Jensen, dem Vater ihres Lebensgefährten, lieber bei einem guten Essen am Familientisch und nicht in diesem schrecklichen, hell erleuchteten Raum mit den sterilen, glänzenden Edelstahloberflächen und den weiß gekachelten Wänden, die das grelle Licht reflektieren.

»Moin Svenja«, grüßt Dr. Jensen freundlich und übt sich ein wenig im Small Talk, um die Anwesenheit in dieser Umgebung für sie erträglicher zu machen. »Heute pfeift draußen ein kalter Wind.«

»Stimmt«, gibt sie einsilbig zurück. Sie kann die Kälte immer noch an den Ohren spüren.

»Wie läuft der Fall so bis jetzt?«

»Nicht so gut«, murmelt sie. Ihr Blick ist starr auf den toten Körper gerichtet, der von der großen Lampe darüber angestrahlt wird, als wäre er das Zentrum einer grotesken Bühne. Die Haut des Opfers ist stellenweise schwarz, und an einigen Stellen fehlt sie komplett, was die darunterliegenden angesengten Muskeln und Knochen sichtbar macht.

Sie presst die Lippen aufeinander und atmet so flach wie möglich.

»Okay, legen wir los.« Der Rechtsmediziner beginnt mit ruhigen, präzisen Bewegungen, das verbrannte Fleisch vom Körper des Opfers zu untersuchen, wobei er immer wieder kurze, sachliche Kommentare abgibt. »Die Verbrennungen sind großflächig, was darauf hindeutet, dass das Feuer sehr schnell und mit hoher Intensität auf den Toten eingewirkt hat – das ist nur möglich, wenn eine große Menge Brandbeschleuniger, wie zum Beispiel Benzin, auf dem Körper verteilt wurde. Erwähnenswert ist auch, dass es keine Hinweise darauf gibt, dass das Opfer sich gewehrt oder Löschversuche unternommen hat.«

Svenja runzelt die Stirn und spürt, wie sich ihr Puls beschleunigt. Sie erinnert sich, dass ihre Kollegin Sophie dieser Aspekt bereits am Tatort aufgefallen ist.

»Was genau bedeutet das?«

Dr. Jensen hebt die Augenbrauen, während er den Schädel des Opfers untersucht. »Es könnte darauf hinweisen, dass das Opfer zum Zeitpunkt des Brandes bereits bewusstlos war. Und das hier . . .«, er hält plötzlich inne und sein Gesichtsausdruck verfinstert sich, ». . . ist die Bestätigung. Dieser Tote hat unzählige Brüche im Gesicht. Nasenbein, Wangenknochen, Augenhöhle . . .«

Svenja hält den Atem an, als sie näher an die Leiche herantritt, um es selbst zu sehen.

»Jemand hat ihm das Gesicht zertrümmert«, sagt Dr. Jensen, während er mit den Fingern sanft über die Brüche fährt. »Solche Verletzungen entstehen, wenn jemand mit einem schweren Gegenstand geschlagen wird.«

»Was meinst du mit einem schweren Gegenstand? Einen Ziegelstein?«

»Möglich, aber auch eine Steinvase oder ein Baseball-Schläger wäre denkbar.«

»Hat er das überlebt?«, fragt Svenja leise und ihre Kehle ist plötzlich trocken.

Peter Jensen schüttelt den Kopf.

»Kaum. Er hat offenbar mehrere Schläge abbekommen, und hier – siehst du – ist eine schlimme Delle über der Schläfe. Bei so einem Schädelbruch setzt das Bewusstsein aus. Er wurde vermutlich erst K.o. geschlagen, anschließend mit Benzin übergossen und dann angezündet.«

Svenja spürt, wie sich ein Knoten in ihrem Magen bildet. Sie versucht, die Bilder zu ordnen, die sich in ihrem Kopf zusammensetzen. Wenn der Täter sein Opfer brutal zusammengeschlagen hat, bevor er es mit Benzin übergossen hat, muss er im Haus der Schultes gewesen sein. Wer auch immer Bert Schulte getötet hatte, hatte nicht bloß einen Ziegelstein und einen Brandsatz durchs Fenster geworfen, sondern war in das Zimmer eingedrungen, in dem jener untergebracht war.

»Ich werde noch Proben nehmen, ob das Opfer vor der Attacke sediert wurde«, erklärt Dr. Jensen.

Svenja nickt stumm, während sie versucht, die Informationen in ihrem Kopf zusammenzufügen. Ihre Gedanken beginnen zu rasen. Das Feuer war bloß eine Täuschung. Der eigentliche Mord fand statt, bevor die Flammen mit ihrem zerstörerischen Werk begannen.

Verdammt, das ändert alles. Sie muss nun dringend ins Büro zurück.

38

Sophie steht mit ihrem Chef im Großraumbüro am Fenster, den dampfenden Becher Kaffee in der Hand, und mustert ihn kritisch.

Stoisch blickt er durch das Glas hinunter auf den Parkplatz. Sein Blick hat sich an ihrem gelben Pick-up festgesaugt und sie merkt, dass er innerlich brodelt. Sie kennt dieses grummelnde Schweigen, das den Ausbruch vorwegnimmt.

»Verdammte Anwälte«, knurrt er schließlich und stellt seinen Kaffeebecher so heftig auf die Fensterbank, dass der Inhalt überschwappt. »Immer tauchen sie ausgerechnet dann auf, wenn man endlich das Gefühl hat, ein paar Antworten zu bekommen. Und diese Krüger . . .«, er macht eine wegwerfende Geste, als könnte er ihre Erscheinung allein durch diese Bewegung aus dem Gedächtnis löschen, ». . . ist ein besonders unsympathisches Exemplar. Sie wird uns diesen Jonas, egal, wie gefährlich und durchtrieben er ist, als verängstigtes Kind verkaufen . . .«

»Tja«, sagt Sophie und zieht die Schultern hoch. »Für seine Eltern ist er das vermutlich auch. Sie werden alles tun, um ihn zu schützen.«

Thomsen grunzt verärgert. »Richtig. Es sind nicht nur die Anwälte allein. Auch Eltern erschweren unsere Ermittlungen enorm. Ich wette, die haben nicht die geringste Ahnung, was ihr Sohnemann auf dem Kerbholz hat – die setzen einfach die rosarote Mami-und-Papi-Brille auf und machen auf heile Familie.«

Sophie hört notgedrungen zu, aber ihre Aufmerksamkeit beginnt abzuschweifen, bis sie schließlich aufsteht und in ihr Büro hinübergeht, um ihre Mails zu checken. Auf dem Schreibtisch springt ihr ein Bericht ins Auge, der vor Jonas' Vernehmung noch nicht dort lag. Jemand muss ihn in der Zwischenzeit dort abgelegt haben.

Sie blättert die erste Seite auf und stößt auf ein Post-it.

Dachte, das könnte dich interessieren, Elke.

Also hat Polizeiobermeisterin Elke Süder ihr diesen Bericht zukommen lassen. Das ist nicht verwunderlich, sie hat schon öfter unter Beweis gestellt, dass sie in der Lage ist, mitzudenken. Gespannt überfliegt Sophie den Inhalt der nächsten Seiten, die gespickt sind mit Berichten, Protokollen und Fotos.

Sie spürt die Brisanz dieser Papiere schon nach den ersten Zeilen. Fieberhaft nimmt sie sämtliche Informationen in sich auf, bis sie am Ende angelangt ist.

Dann springt sie auf, nimmt das dünne Bündel und kehrt in den Großraum zurück, wo Thomsen immer noch wie festgeklebt am Fenster steht.

»Julia Schulte hat sich mit ihren vierzehn Jahren in Hamburg in einer U-Bahnstation vor eine einfahrende Bahn geworfen«, verkündet sie. »Diese Wahnsinnstat passierte während eines Schulausflugs im März, hier ist alles dokumentiert. Das bedeutet, Carsten Schulte hat mich belogen.«

Thomsen zieht die Stirn kraus und dreht sich langsam zu ihr um. »Er hat von einer schweren Krankheit gesprochen, nicht wahr?«

»Genau«, antwortet Sophie, während ihre Gedanken immer schneller um diesen Punkt kreisen. »Sie war sehr krank – das waren seine Worte – und nun frage ich mich, warum er mir die Wahrheit verschwiegen hat.«

Doch bevor sie weiter darüber nachdenken kann, beginnen die Möwen in ihrer Hosentasche zu kreischen. Sie fummelt ihr Handy heraus, sieht, dass Svenja in der Leitung ist und geht ran.

»Sophie, ich war soeben bei der Autopsie«, berichtet ihre Kollegin und ihre Stimme klingt aufgeregt. »Du ahnst nicht, was Dr. Jensen herausgefunden hat.«

»Was denn?«, fragt Sophie, deren Gedanken immer noch um Julias Suizid kreisen.

»Das Opfer – Bert Schulte – ist vor seinem Tod übelst misshandelt worden. Er hatte keinen heilen Knochen mehr im Gesicht. Peter ist überzeugt, dass er bereits tot war, als er in Brand gesteckt wurde. Das bedeutet . . .«

». . . dass jemand bei ihm im Zimmer war«, setzt Sophie den Satz fort und spürt, wie sie augenblicklich vom Jagdfieber erfasst wird.

Sie wendet sich wieder ihrem Chef zu.

»Rüde, wir sollten Neles Vernehmung verschieben – ich denke, ich weiß jetzt, warum Carsten Schulte uns angelogen hat.«

39

Thomsen begibt sich schnurstracks zu seinem Schreibtisch, wo er entschlossen zum Telefon greift und die Verhaftung von Carsten Schulte anordnet.

Sophie beobachtet aufgewühlt, wie seine Kiefermuskeln sich anspannen, während er spricht. Irgendwie hängt nun doch alles mit der Familie Schulte zusammen – da fällt ihr ein, dass sich Margot Schulte noch nicht bei ihr gemeldet hat. Sie zieht ihr Handy aus der Hosentasche und wählt die Nummer des Nordern-Klinikums in Schleswig. Während sie wartet, bis jemand das Gespräch entgegennimmt, beschleicht sie ein ungutes Gefühl.

»Guten Tag, hier spricht Oberkommissarin Meerkatz von der Kripo in Husum. Ich muss dringend mit Frau Dr. Margot Schulte sprechen.«

Die Frau am anderen Ende der Leitung zögert kurz. »Margot Schulte? Einen Moment . . . nein, Frau Dr. Schulte ist derzeit nicht hier.«

Sophie runzelt die Stirn, ihre Hand umklammert das Smartphone fester.

»Sie ist nicht im Krankenhaus? Wie kann das sein? Nach meiner Information hatte sie Nachtdienst. Ihr

Mann sagte, sie ruht sich noch aus, bevor sie heimfährt. Könnten Sie bitte nachsehen und sie für mich ans Telefon holen?«

Es gibt einen Moment der Stille und Sophie spürt, wie sich das ungute Gefühl in der Magengrube verstärkt.

Als sich die Frau wieder meldet, schwingt in ihrer Stimme ein leicht verwirrter Tonfall mit.

»Es tut mir leid, aber Frau Dr. Schulte war seit Donnerstag nicht mehr hier.«

Sophie spürt, wie ein Ruck durch ihren Körper geht und sich ihr Puls beschleunigt.

»Sind Sie sicher? Bitte sehen Sie nochmals genau nach. Wenn Sie sich hierbei irren, wäre das fatal.«

»Okay. Moment . . . nein . . . alles so, wie ich es gesagt habe«, bestätigt die Krankenschwester am anderen Ende der Leitung. »Frau Dr. Schulte hat sich gestern und vorgestern freigenommen. Wir erwarten sie erst heute Abend zum regulären Dienst.«

»Danke«, sagt Sophie. Doch kaum hat sie aufgelegt, beginnt sie zu fluchen. Durch die soeben erhaltene Information ist ihr klar geworden, dass Margot Schulte weder für die erste noch für die zweite Brandnacht ein Alibi hat. »Verdammt, verdammt, verdammt!«

Thomsen kommt auf sie zu und starrt sie fragend an.

»Meerkatz?«

»Margot Schulte ist nicht im Krankenhaus«, sagt sie ernüchtert. »Und sie war auch gestern und vorgestern nicht dort. Um es ganz konkret zu sagen, sie war das letzte Mal im Krankenhaus, bevor es zu dem ersten Brandanschlag kam.«

Thomsen blinzelt, als die Erkenntnis langsam bei ihm einsickert.

»Verdammt«, flucht nun auch er. »Sie ist es, nach der wir fahnden müssen.«

Sophie nickt stumm. Margot Schulte, die offenbar die Schlüsselfigur in diesem Fall darstellt, ist es gelungen, bei all dem Chaos unsichtbar zu bleiben.

Thomsen bläst lautstark die Luft aus.

»Der Mord an Bert Schulte ist jetzt vierzehn Stunden her. Wenn sie sich unmittelbar danach abgesetzt hat, hat sie einen Riesen-Vorsprung.« Er greift nochmals zum Telefonhörer und tippt ungeduldig mit den Fingerkuppen auf die Tischplatte, während er wartet.

»Jasper? Komm sofort her. Und bring Svenja mit. Ihr müsst eine weltweite Fahndung koordinieren.«

40

Die Küche in Sophies und Finns Backsteinhaus in Hockensbüll ist gemütlich eingerichtet, ein Ort, an dem man sich sofort wohlfühlt. Die Wände sind in einem hellen Grün gestrichen, das perfekt zu den robusten Holzschränken passt. Über der Arbeitsplatte hängen offene Regale, auf denen Kochbücher, bunte Tassen und Gläser ihren Platz gefunden haben. Durch das große Fenster über der Spüle fällt normalerweise das Tageslicht herein, doch jetzt ist es schon nach sieben, und der Himmel bereits dunkel.

Nils steht auf einem Hocker, die Ärmel seines Pullovers bis zu den Ellbogen hochgekrempelt, während er enthusiastisch mit einem Nudelholz den Pizzateig ausrollt. Seine Zunge schaut zwischen den Lippen hervor, während er mit Hingabe über den Teig rollt.

»Sophie, guck mal! Ich kann das schon fast wie ein echter Pizzabäcker!«, verkündet er stolz, obwohl der Teig eher unregelmäßig und stellenweise viel zu dünn ist.

Sophie reicht ihm das Glas mit der Tomatensoße und einen Löffel.

»Yep, du bist richtig talentiert. Aber vielleicht solltest du den Rand noch etwas dicker machen, sonst läuft uns die Tomatensoße davon.«

Während der Kleine ihre Anweisungen umsetzt, wendet sie sich ab und geht zur Spüle, um ihre Hände wieder sauber zu bekommen. Ein Fehler, wie sich rausstellen sollte. Denn es scheint, als hätte Otello nur auf diesen Moment der Unaufmerksamkeit gewartet. Mit einem eleganten Satz landet der schwarze-weiße Kater auf der Kücheninsel – direkt neben der Schüssel mit dem geriebenen Käse.

Nils, der nun damit beschäftigt ist, den Kater zu verscheuchen, hat die Pizza und die Zutaten nicht mehr im Blick. Otello hingegen ist offensichtlich überzeugt, dass er Teil des Kochteams ist, denn er schnuppert neugierig an der Tomatensoße und tänzelt gefährlich nahe am Rand der Arbeitsplatte.

»Otello, nein!«, ruft Sophie, als sie sich wieder umdreht, doch es ist zu spät.

Nils, der Otello hinunterschubsen will, kippt aus Versehen die Schüssel mit den Champignons um, die daraufhin auf den Boden kullern. Augenblicklich springt der Kater hinterher, als hätte er eine neue Art von Beute entdeckt.

»Er jagt die Pilze!«, ruft Nils begeistert.

»Und ich jage ihn«, ruft Sophie und läuft Otello hinterher, der mit seinen Pfoten nach den Pilzen patscht, als wären es Beutetiere.

»Raus mit dir«, schimpft sie, schubst ihn aus der Küche und schließt die Tür.

»So, jetzt können wir den Teig in aller Ruhe belegen«, lacht Sophie und reicht ihrem kleinen Patchworksöhnchen den Schinken.

»Mhm«, macht Finn, als sie später am Esstisch zusammensitzen, und fährt sich mit der Zungenspitze über die Lippen. »Das ist beinahe die allerbeste Pizza meines Lebens.«

Plötzlich stutzt er und pickt mit der Gabel in den Käse. »Ist das ein Haar von Otello?«

Nach dem Essen räumt er mit Sophie gemeinsam das Geschirr ab. In der Küche drückt er sie spontan an sich.

»Ich habe nicht vor Mitternacht mit dir gerechnet. Wie hast du es hingekriegt, dass der Rüde dich gehen ließ?«

Sophie zwinkert ihm spitzbübisch zu.

»Ich habe ihn nicht gefragt.«

»Das wird ihm aber nicht gefallen.«

»Oh nein, mit Sicherheit nicht. Aber an diesem Fall gibt es so einiges, das ihm missfällt – es passt also gut ins Bild«, schmunzelt sie und schmiegt sich an ihn.

Das Wunder ist, dass man immer wieder
an Wunder glaubt

Friedl Beutelrock

MONTAG

41

Der Großraum der Kripo gleicht seit den frühen Morgenstunden einem Bienenstock. Überall klingeln Telefone, die Ermittler tippen eifrig auf ihren Tastaturen und ihre Stimmen überlagern sich, während sie sich in hektische Gespräche vertiefen. Seit gestern Abend, als ihnen klar geworden ist, dass Margot Schulte unmittelbar nach dem Mord an Bert Schulte spurlos verschwunden ist, läuft die Fahndung auf Hochtouren.

»Könnte sie ein weiteres Opfer sein?«, fragt Svenja in einer kurzen Kaffeepause, als sie ihre Kollegin in der Personalküche trifft. »Ich meine, wäre es denkbar, dass sie verschleppt wurde?«

»Wohl kaum«, erwidert Sophie. »Elke Süder hat mir soeben eine Videoaufnahme von der Überwachungskamera eines Nachbarn geschickt. Da sieht man deutlich, wie eine schwarz gekleidete Person zum Zeitpunkt des Brandanschlags die Straße entlangläuft. Von der Villa der Schultes weg. Allerdings gibt es keine Aufnahme, die belegt, dass diese Person hingelaufen ist – ergo muss sie schon dort gewesen sein. Hinzu kommt, dass jene Person Margots Größe und Figur hat. Elke hat das Video dem Zeugen Fredriksen gezeigt, der bestätigt hat, dass es die Gestalt gewesen sein könnte, die er gesehen hat.«

»Vermutlich hat sie sich mit ihrem BMW abgesetzt«, erwidert Svenja, »der fehlt nämlich in der Garage.«

»Das hat sie mit Sicherheit«, ist Sophie überzeugt. »Ich wette, sie hatte den Wagen in der Nähe des Hauses geparkt. Margot Schulte hat alles perfekt geplant und es unbemerkt vor unseren Augen durchgezogen. Zugegeben, es war ein genialer Plan. Der Brandsatz, den sie ihrem Schwager ins Haus warf, bewirkte, dass er freiwillig in ihre Obhut flüchtete, wo sie sich um ihn kümmern konnte. Ihn zu sedieren war für sie als Ärztin sicher nicht schwierig, und so konnte sie ihn mitten in der Nacht erschlagen, ohne mit Gegenwehr rechnen zu müssen. Der Ziegelstein, der anschließend durchs Fenster flog und die Flasche mit dem Brandsatz – all das diente bloß dazu, ihre Spuren zu verwischen. Während ihr Mann in Panik den Notruf wählte, war sie bereits mit gepackten Koffern in ihrem Auto unterwegs . . .«

»Oh Mann, mein Telefon klingelt schon wieder«, stöhnt Svenja und eilt in den Großraum zurück.

Sophie folgt ihr mit einer Tasse frischen Kaffee und lässt sich mit einer Pobacke auf dem Schreibtisch ihrer Kollegin nieder.

»Tades? Ja, das war ich. Danke für den Rückruf. Ja, okay. Natürlich können Sie mir die Info per E-Mail schicken . . . ja, klar. Danke.«

Svenja dreht sich zu Sophie um.

»Das war der Flughafen Hamburg, sie haben offenbar etwas gefunden«, erklärt sie aufgeregt, während sie ungeduldig auf den Bildschirm starrt. Ihr Fuß wippt nervös unter dem Tisch, bis die neue E-Mail aufpoppt.

»Heilige Scheiße!«, flucht sie kurz darauf. »Jetzt haben wir es schwarz auf weiß: Margot Schulte ist gestern mit dem ersten Flieger frühmorgens nach Istanbul geflogen. Das war nur wenige Stunden nach dem Mord.«

»Istanbul?«, fragt Jasper, der interessiert näher kommt. »Das ist ein Drehkreuz. Von dort aus ist sie garantiert weitergereist, in ein Land, das nicht mit den deutschen Behörden kooperiert.«

Thomsen, der soeben mit dem Handy am Ohr aus seinem Büro kommt, unterbricht aufgrund der brisanten Neuigkeit sein Gespräch mit dem Kriminaldirektor. Sein Gesicht läuft vor Ärger dunkelrot an.

»Verdammter Mist!«, brüllt er und fährt sich durch die Haare, die ohnehin schon zerzaust aussehen. »Frag bei den Kollegen in Istanbul an, in welche Maschine sie gestiegen ist.«

Jasper zieht eine Grimasse.

»Aber das dauert ewig, bis wir eine Antwort bekommen«, mault er. »Allein, bis ich das Formular richtig ausgefüllt . . .«

»Ich weiß«, schnaubt Thomsen. »Die verfluchte Bürokratie ist noch schlimmer als Anwälte und Eltern zusammen. Und in diesem Fall läuft uns die Zeit davon!«

Sophie verlässt Svenjas Schreibtisch und stellt sich ans Fenster, wo sie nachdenklich auf den Parkplatz hinunterstarrt. Einige ihrer widerspenstigen Locken fallen ihr ins Gesicht und sie verspürt nicht die geringste Lust, sie hinter die Ohren zu stecken.

»Und auch wenn wir eine Antwort bekommen«, sagt

sie resignierend, »dann erfahren wir bloß, dass sie nach Guatemala, Kuba, auf die Philippinen, oder in irgendein anderes Land weitergeflogen ist, das unsere Anfragen nicht beantwortet.«

»Verdammt, Meerkatz, du kannst doch nicht einfach die Flinte ins Korn werfen«, knurrt Thomsen. »Wir prüfen alle Optionen – und wir werden ihren Ehemann ausquetschen bis aufs Blut! Ich hab ihn bereits in den Vernehmungsraum bringen lassen und ich werde nicht von ihm ablassen, bis ich weiß, was da genau gelaufen ist – und warum.«

42

Carsten Schulte sieht erschöpft aus, man sieht ihm die schlaflose Nacht an, die er wohl hatte. Seine Haare, die normalerweise ordentlich gescheitelt sind, stehen unruhig ab, und das frisch gebügelte hellblaue Hemd, das gestern noch schick aussah, ist längst zerknittert und verschwitzt. Unter den Augen sind tiefe Schatten zu erkennen und seine Haltung verrät, dass er sich nur mühsam aufrecht halten kann.

Neben ihm sitzt sein Anwalt, Dr. Jens Altmann, ein mittelgroßer Mann in den späten Vierzigern, der in seinem anthrazitfarbenen Maßanzug und einer glänzenden, schwarzen Aktentasche Professionalität ausstrahlt. Sein arroganter Blick passt zu der überteuerten Uhr an seinem Handgelenk und er schnalzt missbilligend mit der Zunge.

»Es ist eine Unverschämtheit, wie Sie meinen Mandanten behandeln«, beschwert er sich, noch bevor Thomsen oder Sophie das Wort ergreifen können. »Herr Schulte ist ein respektabler Bürger, der die Nacht in einer Zelle verbringen musste – und das ohne vernünftige Erklärung. So etwas ist untragbar.«

Thomsen entschließt sich, den Strafverteidiger zu ignorieren; seine Aufmerksamkeit bleibt auf Carsten Schulte gerichtet, der den Blickkontakt meidet und stattdessen auf seine ineinander verschränkten Finger starrt.

»Herr Schulte, wir haben einige Fragen an Sie. Ihre Frau ist verschwunden. Wussten Sie, dass sie das Land verlassen hat?«

Schultes Augen weiten sich kurz, bevor er Hilfe suchend zu seinem Anwalt blickt.

»Was? Sie ist verschwunden? Nein . . . nein, das kann nicht sein. Sie muss noch im Krankenhaus sein. In Schleswig. An ihrem Arbeitsplatz. Ich sagte Ihnen doch, dass sie Anästhesistin ist und Nachtdienst hat. Manchmal muss sie auch kurzfristig für Kollegen einspringen.«

Sophie beobachtet ihn genau, und so entgeht ihr auch nicht, wie seine Hände zu zittern beginnen. Kann es sein, dass er tatsächlich nichts vom Verschwinden seiner Frau wusste?

»Wir haben Informationen, dass Ihre Frau nach Istanbul geflogen ist«, sagt sie ruhig und fixiert ihn mit ihrem Blick.

Der unrasierte Mann im zerknitterten Hemd verzieht ungläubig sein Gesicht. »Das ist absurd! Warum sollte sie nach Istanbul fliegen? Sie hätte mich doch in dieser Situation unterstützt, wenn sie gekonnt hätte.«

»Die Ehefrau meines Mandanten hat sich vielleicht für eine kurze Reise entschieden, um sich um etwas Privates zu kümmern«, mischt sich Altmann in die Vernehmung ein. »Das bedeutet nicht, dass mein Mandant davon wusste. Es ist lächerlich, ihn hier festzuhalten, wenn Sie eigentlich mit ihr sprechen wollen.«

Thomsen ignoriert auch diesen Einwurf.

»Herr Schulte, der Brand in Ihrem Haus brach um ungefähr zwei Uhr morgens aus. Ihre Frau fuhr daraufhin schnurstracks zum Hamburger Flughafen und hob um 6:05 Richtung Istanbul ab. Sie ist nicht einfach auf einem Kurztrip. Sie ist geflohen.«

Schulte starrt den Hauptkommissar nun mit weit aufgerissenen Augen an, und für einen Moment glaubt Sophie, den Schock in seinem Gesicht zu erkennen. Doch dann schüttelt er den Kopf, als könne er es nicht fassen.

»Aber . . . aber . . . sie hat mir doch gestern um neun Uhr vormittags noch eine WhatsApp-Nachricht geschickt. Dass sie sich noch ein wenig ausruht, bevor sie nach Hause kommt.«

»Und? Kam sie nach Hause?«, legt Thomsen nach, wohl wissend, dass sie nicht mehr aufgetaucht ist. »Diese Nachricht hat sie Ihnen aus Istanbul geschrieben.«

»Ich . . . ich wusste das nicht. Sie war doch gar nicht da, als der Brandanschlag auf unser Haus passierte. Sie hatte Nachtdienst. Und überhaupt, was soll sie mit Berts Tod zu tun haben?«

»Alles«, sagt Sophie ruhig. »Einfach alles.«

Danach erklärt sie dem verwirrten Schulleiter, was der Rechtsmediziner bei der Autopsie herausgefunden hatte.

»Wir müssen davon ausgehen, dass entweder Sie für den Tod Ihres Bruders verantwortlich sind – oder eben Ihre Frau.«

»Aber warum denn? Warum hätte ich das tun sollen?

Ich hatte doch überhaupt kein Motiv – und meine Frau auch nicht.«

»Das sehen wir anders«, stellt Thomsen klar. »Ihre Tochter, Julia, hat sich in Hamburg vor die U-Bahn geworfen. Warum haben Sie den Selbstmord Ihres Kindes Oberkommissarin Meerkatz gegenüber als Unfall dargestellt?«

Schulte reibt sich mit den Handflächen nervös über das Gesicht. »Ich . . . ich konnte es einfach nicht aussprechen. Ich kann nicht . . . ich kann immer noch nicht damit umgehen. Julia war krank, sehr krank, verstehen Sie? Sonst hätte sie doch nie . . .«

Altmann legt ihm die Hand auf die Schulter und übernimmt das Wort. »Mein Mandant war in einer emotional belasteten Situation. Es besteht kein Grund, ihm daraus einen Strick zu drehen. Wenn sonst nichts gegen ihn vorliegt . . .«

Thomsen schnaubt leise und sieht den Anwalt kalt an, bevor er sich wieder direkt an Carsten Schulte wendet.

»Hören Sie mir zu. Wenn Sie wirklich unschuldig sind, dann wollen Sie mit uns sprechen – denn dann möchten Sie ebenso wie wir wissen, warum Ihr Bruder getötet wurde. Also – wenn Sie eine Idee haben, wo wir Ihre Frau finden können, wäre das jetzt der Moment, es uns zu sagen.«

Schulte sackt in sich zusammen, der letzte Rest Energie scheint zu verpuffen. Erst nach einer Weile räuspert er sich und hebt langsam den Kopf.

»Kurz bevor ich im Hotel verhaftet wurde . . . wurde mir ein Päckchen zugestellt.« Seine Augen wandern nervös zu seinem Anwalt, bevor er weiterspricht. »Das war seltsam. Ich fragte den Zusteller, wie er mich gefunden hatte, und er sagte, er hätte eine telefonische Anweisung erhalten.«

»Haben Sie Ihrer Frau mitgeteilt, dass Sie ein Zimmer im Hotel Anker bezogen haben?«

»Natürlich, ich hab ihr gleich nach der Buchung eine WhatsApp-Nachricht geschickt, ich hoffte doch, dass sie ehestbaldig zu mir kommen würde.«

Thomsen wirft Sophie einen schnellen Blick zu und lehnt sich gespannt vor.

»Was hat es denn nun mit diesem Päckchen auf sich?«

»Ich weiß es nicht. Ich wollte es gerade öffnen, als die Beamten kamen und mich festnahmen. Es sah sehr persönlich aus, also nicht professionell verpackt, sondern wie selbst gebastelt . . . und mein Name stand drauf – in Margots Handschrift.«

»Wo ist es jetzt?«, will Thomsen wissen.

»Die Polizisten haben es mir abgenommen.«

Thomsen knirscht mit den Zähnen und greift augenblicklich nach dem Telefon auf dem Tisch. Während er wählt, setzt er eine strenge Miene auf.

»Sie sagen mir doch die Wahrheit, nicht wahr?«

»Ja«, bestätigt Schulte mit einem schwachen Nicken. »Ganz bestimmt, Herr Kommissar.«

Der Hauptkommissar tippt ungeduldig mit den Fingerspitzen auf den Tisch, den Hörer ans Ohr gepresst.

»Hier Thomsen. Ich brauche das Päckchen, das Carsten Schulte bei seiner Festnahme abgenommen wurde . . . ja, jetzt sofort. Bring es bitte in den Vernehmungsraum.«

43

Thomsen mustert das eigenwillig verschnürte und verklebte Paket einen Moment lang, bevor er es mit einer Schere öffnet. Zum Vorschein kommen einige aneinander getackerte Blätter Papier und ein Umschlag, der mit *Carsten* beschriftet ist.

Sophie zieht den Umschlag an sich und öffnet ihn. Anschließend blickt sie den Schulleiter direkt an.

»Es ist ein Brief, von Ihrer Frau – an Sie.«

Nachdem sie die ersten Zeilen überflogen hat, spürt sie einen Kloß im Hals. Sie schluckt und beginnt, den Inhalt laut vorzulesen, während alle Blicke gespannt auf ihr ruhen.

»*Carsten, wenn du das hier liest, bin ich nicht mehr da. Du und deine kranke Familie, ihr werdet mich nie wieder sehen. Ich werde euch nie verzeihen, was ihr Julia und mir angetan habt. In meinem Herzen habe ich immer gewusst, dass Bert ein kranker, perverser Hurensohn war, aber du hast mir nie geglaubt. Du hast ihn immer verteidigt, deinen lieben, treu sorgenden Bruder. Für dich war es einfacher, die Augen zu verschließen, anstatt zu sehen, welches Leid er tatsächlich über unsere Familie gebracht hat.*

Vor wenigen Tagen habe ich Julias Tagebuch erhalten. Wie,

das spielt keine Rolle. Du kennst die Handschrift deiner Tochter, und kannst dich nun selbst davon überzeugen, welcher Pein sie durch deinen Bruder ausgesetzt war. Seite für Seite beschreibt sie es. Du, als ihr Vater, hast es nicht verhindert, hast dein einziges Kind nicht beschützt. Du warst blind, Carsten. Blind, weil du nie bereit warst, deiner eigenen Familie ins Gesicht zu sehen.

Nach Julias Tod habe ich versucht, mit dem Schmerz zu leben – und mit der Wut. Aber als ich die Wahrheit schwarz auf weiß vor mir sah, konnte ich es nicht mehr länger ertragen. Es war mir ein dringendes Bedürfnis, diesen Abschaum vom Erdboden zu tilgen. Alles andere hätte ich nicht ertragen.

Ich werde nicht zurückkehren, und du wirst mich nicht finden. Ich bin für immer weg.

Leb wohl. Margot.«

Der Raum ist wie in Schweigen getaucht, nachdem Sophie zu Ende gelesen hat. Sogar der Anwalt wirkt ergriffen.

Carsten Schulte sitzt regungslos da und der Ausdruck in seinem Gesicht ist leer. Er öffnet den Mund, aber es kommen keine Worte heraus. Schließlich schüttelt er nur stumm den Kopf, unfähig, auf das eben Gehörte zu reagieren.

Sophie greift nun nach den aneinander getackerten Blättern. Es handelt sich hierbei um die Seiten eines Tagebuchs, die offenbar herausgerissen wurden und eine typische Teenagerhandschrift tragen.

Ihr ist klar, dass sie nun ein Kapitel in diesem Fall aufschlagen werden, das den Mann, der ihr gegenübersitzt, vollends verstören wird.

* * *

Als Thomsen und Sophie nach der Vernehmung des Schulleiters in das Großraumbüro der Kripo zurückkehren, werden sie von Jasper und Svenja bereits ungeduldig erwartet.

»Margot Schulte hat ihrem Mann einen Abschiedsbrief hinterlassen«, berichtet Thomsen, während er sich auf einen Stuhl fallen lässt. »Darin gibt sie zu, dass sie Bert Schulte getötet hat.«

»Oh Mann«, entfährt es Svenja. »Und warum?«

»Sie macht ihn für Julias Selbstmord verantwortlich.«

»Und ist er das?«, hakt Jasper nach.

Sophie zieht die Brauen hoch. »Denke schon. Sie hat ihrem Brief Tagebuchaufzeichnungen der Tochter beigefügt. Die belegen eindeutig, dass Bert Schulte seine Nichte psychisch und physisch gequält und missbraucht hat.«

»Das habe ich befürchtet«, seufzt Svenja. »Irgendetwas in der Art musste ja dahinterstecken. Es ist so traurig, dass Julia sich niemandem anvertrauen konnte.«

»Dafür hatte ihr Onkel leider gesorgt. Er hat sie nicht nur sexuell missbraucht, sondern ist auch . . .«, Sophie schüttelt sich nun, ». . . irgendwie in ihren Kopf eingedrungen. Gleichzeitig hat er dafür gesorgt, dass sie bei jeder Gelegenheit als Lügnerin dastand. Eine wirklich abscheuliche Geschichte.«

Jasper ballt die Fäuste und zieht die Nase kraus. Wenn es um Kinder geht, packt ihn die Wut.

Auch die anderen hängen ihren eigenen Gedanken nach, und so dauert es eine Weile, bis Svenja mit einer Frage das Schweigen bricht.

»Was ich nicht verstehe – warum jetzt? Warum hat

Margot Schulte ihren Schwager jetzt erst getötet – nach all der Zeit? Ich meine, Julia ist vor Monaten gestorben.«

Jasper blickt zu ihr hinüber.

»Das ist eine gute Frage. Die Antwort würde mich auch interessieren.«

Sophie steht am Fenster, die Blätter des Tagebuchs fest in der Hand. Ihre Augen sind auf das Papier gerichtet, aber ihre Gedanken führen längst ein Eigenleben.

»Ich habe da eine Vermutung«, sagt sie leise, mehr zu sich selbst als zu den anderen.

Jasper hat es dennoch gehört und sieht sie fragend an. »Welche Vermutung?«

»Ich denke, Margot hatte die ganze Zeit über keinen Beweis – sie hat das Tagebuch selbst erst vor wenigen Tagen bekommen.«

»Wie das?«, hakt Svenja nach.

»Ich vermute, Nele hatte es. Und sie hat es ihr gegeben.«

Thomsen, der schweigend zugehört hat, betrachtet seine Oberkommissarin nachdenklich. »Aber das hätte uns das Mädchen doch erzählen können!«

Sophie lehnt sich gegen das Fenster und verschränkt die Arme. Sie erwidert Thomsens Blick.

»Ja, hätte sie. Hat sie aber nicht. Weil sie eben ein verschrecktes Kind ist. Angst kann – vor allem für junge Menschen – lähmend sein. Doch ich glaube, wenn wir der Familie Nielsen versichern, dass gegen Nele und Jonas nichts vorliegt, haben wir eine Chance, dass sie uns ihre Version der Geschichte erzählt.«

44

Thomsens Büro kann durchaus als gemütlich bezeichnet werden. Das Licht, das das von draußen hereindringende Grau aufhellt, ist nicht so grell, und ein angenehmer Duft von Kaffee, Tee und Keksen hat sich breitgemacht.

Trotzdem scheint sich das Mädchen alles andere als wohlzufühlen. Obwohl Nele zwischen ihrer Mutter und ihrem Bruder sitzt, zupft sie nervös am Saum ihres Pullis.

»Nele, wir wissen, dass es schwer für dich ist, über all das zu sprechen«, beginnt Sophie in einem ruhigen und sanften Tonfall. »Aber es ist wichtig, dass du uns alles erzählst, was mit Bert Schulte zusammenhängt – von Anfang an. Wir wollen nur verstehen, was geschehen ist. Bist du bereit dazu?«

Nele blickt kurz zu ihrem Bruder, bevor sie nickt.

»Es begann im März, als ich im Sportunterricht Kopfschmerzen bekam. Ich ging allein zurück in die Garderobe, während die anderen noch Basketball spielten. Mein Kopf fühlte sich an, als würde er jeden Moment explodieren und ich wollte bloß noch heim.

Also habe ich in der Garderobe meinen Schul-Rucksack geschnappt und bin nach Hause gegangen, ohne groß darüber nachzudenken. Aber am nächsten Morgen, als ich Sachen für den Unterricht hineinpacken wollte, habe ich bemerkt, dass es nicht mein Rucksack war. Es war das gleiche Modell und die gleiche Farbe, aber er gehörte nicht mir.«

Sophie nickt ihr ermutigend zu. »Und was hast du dann gemacht?«

Nele schluckt und fährt leise fort. »In meiner Klasse hat niemand den gleichen Rucksack wie ich, daher wusste ich, dass er einem Mädchen aus der Parallelklasse gehören musste, mit der wir gemeinsam Sportunterricht hatten. Ich versuchte herauszufinden, wem er gehört. Aber es waren keine beschrifteten Hefte darin und auch kein Schülerausweis. Schließlich fand ich ein verstecktes Fach, wie ein Geheimfach, in dem ein Tagebuch steckte. Es war versperrt, mit so einem kleinen Schloss dran.« Ihre Stimme wird brüchiger und sie reibt sich nervös die Hände. »Ich weiß, es war falsch . . . ich weiß, ich hätte das nicht tun dürfen, aber ich habe das Schloss aufgebrochen.«

»Aufgebrochen?«, hakt Sophie nach.

»Ja, es war kein starkes, stabiles Schloss, deshalb konnte ich es mit Werkzeug aus unserer Garage knacken.«

Nele beißt sich nun vor Scham auf die Lippen und ihre Mutter legt beruhigend eine Hand auf ihre Schulter.

»Hast du es gelesen?«, fragt Sophie behutsam.

Die Jugendliche mit dem blassen Gesicht und den langen blonden Haaren schließt die Augen, als ob sie die Erinnerung an das, was sie gelesen hat, fernhalten möchte.

»Ja. Es war furchtbar. Das Mädchen, dem es gehörte, hat darüber geschrieben, was ihr Onkel ihr angetan hat. Sie hat alles, was er gemacht hat, detailliert beschrieben und einmal auch seinen Namen erwähnt. Da konnte ich mir dann zusammenreimen, dass es Julia war.«

Sophie wirft Thomsen einen kurzen Blick zu.

»Und was ist dann passiert?«, hakt sie weiter nach.

Nele ringt einen Moment mit sich, bevor sie weiterspricht.

»Am selben Tag noch ist Julia vor die U-Bahn gesprungen. Das war auf einem Hamburg-Trip, den sie mit ihrer Klasse unternahm. Ich habe das zuerst gar nicht in Verbindung gebracht. Ich dachte . . . es war nur ein tragischer Zufall.« Sie hält inne, und ihre Stimme ist kaum mehr als ein Flüstern, als sie weiterspricht. »Aber als ich dann erfuhr, dass sie kurz vor dem Sprung ihre Klassenkameradinnen beschuldigt hatte, ihren Rucksack geklaut zu haben, dämmerte es mir, dass ich an ihrem Entschluss schuld war. Ich wusste sofort, dass es nicht um den Rucksack, sondern um das Tagebuch ging. Bestimmt hatte sie große Angst, dass alles ans Licht kommen würde.«

Sophie bemerkt, wie Nele gegen die Tränen ankämpft. »Brauchst du eine Pause?«

»Nein, ich will es einfach hinter mich bringen. Ich habe mich so schuldig gefühlt. Und das tue ich immer noch – hätte ich den Rucksack nicht genommen, wäre Julia nicht gesprungen . . . ich wusste wirklich nicht, was ich tun sollte. Ich hatte panische Angst davor, jemandem davon zu erzählen. Und gleichzeitig habe ich mich für meine Feigheit geschämt, weil ich nichts gegen den Mann unternommen habe, der Julia all das angetan hatte.«

»Hast du deshalb die Puppe gebastelt, um mit deinen negativen Gefühlen gegenüber Bert Schulte klarzukommen?«, fragt Thomsen erstaunlich einfühlsam.

Nele nickt zögerlich. »Ja, ich wusste nicht, wie ich damit umgehen sollte, also habe ich im Internet nach einer Möglichkeit gesucht, wie ich das Universum auf ihn aufmerksam machen könnte. So kam ich auf diese Voodoo-Rituale. Ich weiß, es klingt verrückt, aber ich dachte, wenn ich eine Puppe mit seinem Gesicht benutze, könnte ich irgendwie . . . etwas in Gang bringen, das ihn für das, was er Julia angetan hat, bestrafen wird.«

Sophie sieht, wie ihr Chef ungläubig den Kopf schüttelt, doch er unterbricht das Mädchen nicht.

»Und, was ist dann passiert?«, hakt sie nach.

Nele seufzt nun tief.

»Lange Zeit . . . nichts. Egal, wie oft ich dieser Puppe in die Augen stach, es bewirkte nichts. Aber dann kam es zu diesem Vorfall auf dem Schulhof. Eske und Sabrina haben mir meinen Rucksack entrissen und ihn ausgeleert. Dabei ist die Puppe herausgefallen. Sie haben mich ausgelacht, aber Frau Lemken hat mich zum Schulleiter gebracht, und plötzlich schien die ganze Schule davon zu wissen. Das war so demütigend, dass ich am liebsten im Erdboden versunken wäre. Am nächsten Tag hat mich Julias Mutter nach dem Unterricht abgepasst. Sie war nett zu mir und hat mich auf eine heiße Schokolade eingeladen . . . aber dann – im Café – war sie plötzlich gar nicht mehr nett. Sie sagte mir auf den Kopf zu, dass sie wusste, dass ich

Julias Rucksack gestohlen hatte.«

Nele schluckt nun heftig, bevor sie fortfährt.

»Ich habe versucht, es ihr zu erklären, aber darum ging es ihr gar nicht. Offenbar hatte ihr Mann – der Schulleiter – ihr von der Sache mit der Puppe erzählt, denn sie war überzeugt, dass ich Informationen über Bert Schulte hatte. Schließlich hasst man jemanden nicht ohne Grund. Nun, das stimmte ja auch. Und dann hat sie mir mit der Polizei gedroht, wenn ich ihr nicht alles sage, was ich weiß.«

Sophie beobachtet, wie sich Nele nervös mit einer Hand über den Unterarm der anderen reibt, während sie weiterspricht.

»Also habe ich ihr von dem Tagebuch erzählt. Ich sagte, ich würde es ihr geben, wenn sie mich nicht bei der Polizei meldet. Sie war einverstanden und versprach mir, mich dann in Ruhe zu lassen.«

Sophie nickt sanft. »Also hast du es ihr gegeben.«

»Ja«, sagt Nele leise, die Tränen steigen ihr wieder in die Augen. »Ich dachte, damit wäre es vorbei, aber die Sache hat mich weiter gequält. Ich konnte einfach nicht aufhören, daran zu denken. Ich musste diese Gedanken irgendwie vertreiben. Ich hoffte, sie würden aufhören, wenn ich die Puppe verbrennen würde. Für mich fühlte es sich so an, als ob das meine letzte Chance wäre. Deshalb habe ich die Puppe von Ihrem Schreibtisch genommen. Es tut mir leid. Ich wollte sie bloß ein für alle Mal vernichten, um endlich damit abschließen zu können.«

»Dazu diente auch das Hochladen des Videos auf TikTok?«, hakt Sophie nach.

»Ja.« Das Mädchen wirft neuerlich einen schnellen Blick zu ihrem Bruder, bevor sie antwortet. »Wir dachten, es würde helfen, die Energie des Feuers mit Hilfe des Internets im Universum zu verbreiten.«

Thomsen schüttelt verblüfft den Kopf.

»Woran man nicht alles glauben kann, wenn man jung ist.«

»Und doch hat es funktioniert«, sagt Jonas, während er die Hand seiner Schwester ergreift. »Die Sache ist jetzt ausgestanden, und Nele kann wieder nach vorn blicken.«

Thomsen runzelt die Brauen und sieht den jungen Mann scharf an. »Das solltet ihr euch bloß nicht schönreden. Auch wenn ihr daran keine Schuld habt – am Ende ist ein Mensch gestorben.«

Jonas erwidert den Blick ungerührt und zieht lapidar die Schultern hoch. »Das stimmt. Aber einer, um den es nicht schade ist. Wenn Sie mir nicht glauben, lesen Sie Julias Tagebuch.«

Sophie wirft ihrem Chef einen warnenden Blick zu. Schließlich ist niemandem geholfen, wenn die Situation eskaliert.

Doch Thomsen hat sich bereits abgewendet und starrt wortlos aus dem Fenster. Auch sonst spricht niemand mehr ein Wort, bis Sophie aufsteht und sich bei Edith Nielsen und ihren Kindern für das Gespräch bedankt.

45

Der Hafen von Husum leuchtet unter dem schwarzen Himmel in bunten Farben, die sich sanft auf der ruhigen Wasseroberfläche spiegeln. Die Lichter der Restaurants und Bars werfen glitzernde Reflexe auf die alten Backsteingebäude, und die Schiffe schaukeln sanft an ihren Liegeplätzen. Es ist eine dieser kühlen, aber klaren Nächte, in denen die Luft nach Salz und Seetang riecht.

Der stürmische Herbstwind hat endlich eine Pause eingelegt und so finden sich viele Menschen ein, die das abendliche Hafenleben genießen.

Thomsen hat für sein Team einen Tisch in einem der Restaurants direkt am Wasser bestellt. Dabei handelt es sich um einen der begehrten Außenbereiche, der mit Heizpilzen warmgehalten wird. Der Rand der Überdachung ist mit kleinen Lichtern gesäumt, die einen goldenen Schimmer auf die Gesichter der Anwesenden werfen. Eine dicke Jacke braucht man wohl, aber die Wärme der Heizstrahler macht die frische Luft angenehm.

Thomsen nimmt die Flasche Sekt aus dem mit Eis

gefüllten Eimer und entkorkt sie mit einem lauten Plopp. Die Kohlensäure sprudelt über, während er jedem ein Glas eingießt.

»Dass du Schampus spendierst, obwohl uns die Täterin entwischt ist, hätte ich mir nicht gedacht«, freut sich Jasper.

Der Hauptkommissar zuckt mit den Schultern, seine Miene ist völlig entspannt.

»Wir haben den Fall gelöst. Es ist alles geklärt, der internationale Haftbefehl ausgestellt. Der Rest liegt nicht in unserer Hand.«

»Die Presse sieht das leider anders«, entgegnet Jasper. »Sie werfen uns vor, dass wir Margot Schulte unbehelligt ausreisen ließen. Diese verdammten Schreiberlinge schießen sich ganz schön auf uns ein.«

Sophie lehnt sich in ihrem Stuhl zurück und dreht mit einer entschuldigenden Geste ihre Handflächen nach oben. »Mag sein. Aber hey, wir haben zumindest die Wirtschaft angekurbelt.«

Thomsen zieht eine Augenbraue hoch und sieht seine Oberkommissarin fragend an.

»Wie meinst du das jetzt, Meerkatz?«

Svenja, die neben Sophie sitzt, kichert bereits.

»Voodoo-Puppen sind jetzt der neueste Schrei im Internet«, klärt sie ihn auf. »Es gibt sogar Anbieter, die das Wunschfoto gleich auf die Puppe mit draufdrucken, wenn du es hochlädst.«

Thomsen verdreht die Augen. »Das kann nicht dein Ernst sein.«

Sophie grinst breit. »Oh doch, absolut. Und ich überlege bereits, in so ein niedliches kleines Püppchen mit deinem Konterfei zu investieren.«

»Untersteh dich, Meerkatz«, blafft er empört, stimmt

aber dann in das Lachen der anderen mit ein.

»Auf uns«, ruft er und hebt sein Glas. »Wir sind ein tolles Team.«

»Dem Chef soll man nicht widersprechen«, grinst Jasper und prostet ihm zu.

Auch Sophie und Svenja lassen die Gläser klingen, während die Lichter des Hafens glitzern und die Wellen sanft gegen die Kaimauer schlagen.

Thomsen zwinkert Svenja spitzbübisch zu.

»Richte bitte deinem Freund Kai aus, dass ich mich aufrichtig bei ihm entschuldige.«

»Wofür denn?«, fragt Svenja verwundert.

Thomsen grinst nun breit und macht eine weitschweifende Geste.

»Nun, wegen meiner Einladung hier muss der Ärmste heute auf deine Kochkünste verzichten . . .«

»Mensch, Rüde«, schimpft Svenja und kickt Sophie unter dem Tisch gegen den Unterschenkel, weil jene belustigt vor sich hin gluckst. Als jedoch auch Jasper die Pointe schnallt und seine Lippen zu einem wissenden Grinsen verzieht, kann sie nichts dagegen tun, dass ihre Wangen rot anlaufen.

»Oh Mann, ihr seid schreckliche Kollegen«, mault sie.

»Apropos schrecklich«, sagt Thomsen und beugt sich zu seiner Oberkommissarin hinüber. »Hey Meerkatz, wie hieß noch diese fürchterlich unsympathische Anwältin mit dem Gebiss einer Bulldogge, die von der Familie Nielsen engagiert wurde?«

»Isabel Krüger«, erwidert Sophie und zieht dabei eine Augenbraue hoch.

»Hast du ihre Kontaktdaten?«, hakt er nach.

»Klar, ist alles im Akt notiert . . .«

»Ich meine jetzt.«

»Ach so, Moment, lass mich in meinem Handy nachsehen . . . ja, Krüger, hier habe ich ihre Nummer. Ich schicke sie dir weiter.«

»Danke.«

»Geht es um Fredi?«, will Svenja wissen.

Thomsen nickt und ein grimmiges Lächeln umspielt seine Mundwinkel. »Diese Vera wird sich noch wundern.«

Nachwort der Autorin

Liebe Leserinnen und Leser,

an dieser Stelle möchte ich mich sehr herzlich für die Unterstützung bei meinen Freunden, Testlesern und Lektoren sowie den Experten der Kriminalistik und der Medizin bedanken – und natürlich bei Ihnen, liebe Leserinnen und Leser!

Als Autorin freue ich mich, wenn ich Ihnen ein paar spannende und unterhaltsame Stunden bescheren konnte.

Wenn es Ihnen gefallen hat, würde ich mich über eine Rezension bei Amazon sehr freuen. Ein großes ***DANKE*** *all jenen, die sich kurz Zeit nehmen und ein paar Worte schreiben!*

Für jene, die wissen wollen, wie es mit **Rüde & Meerkatz** *weitergeht und auch über alle anderen Neuerscheinungen informiert werden wollen: Besuchen Sie meine Website und tragen Sie sich für den Newsletter ein.*

www.anneamrum.de

Einmal im Monat erhalten Sie dann spannungsgeladene Post!

Anne Amrum, Oktober 2024

www.anneamrum.de
E-Mail: moin@anneamrum.de

Es geht spannend weiter . . .

mit dem 24. Fall der Küsten-Kommissare

NORDSEE Karma von **Anne Amrum**

TATORT NORDSEE

Eine weibliche Leiche in der Vorweihnachtszeit gibt der Husumer Kripo ein neues Rätsel auf. Die aus Polen stammende junge Frau ist zuvor wegen ihres eigenwilligen Verhaltens aufgefallen.

In Nordsee Karma, dem 24. Küstenkrimi der Bestseller-Autorin Anne Amrum, geben Rüdiger Thomsen und Sophie Meerkatz wieder ihr Bestes, um einen undurchsichtigen Mordfall aufzuklären.

Erhältlich auf AMAZON!

Printed in Poland
by Amazon Fulfillment
Poland Sp. z o.o., Wrocław

42081740R00120